林森

# 书空录

译林出版社

**图书在版编目（CIP）数据**

书空录 / 林森著. —南京：译林出版社，2022.11
ISBN 978-7-5447-9303-2

Ⅰ.①书… Ⅱ.①林… Ⅲ.①短篇小说－小说集 －中国－当代 Ⅳ.①I247.7

中国版本图书馆 CIP 数据核字（2022）第 121703 号

**书空录　　林　森／著**

责任编辑　黄文娟
装帧设计　谢　翔
校　　对　孙玉兰
责任印制　单　莉

出版发行　译林出版社
地　　址　南京市湖南路 1 号 A 楼
邮　　箱　yilin@yilin.com
网　　址　www.yilin.com
市场热线　025-86633278
排　　版　南京展望文化发展有限公司
印　　刷　徐州绪权印刷有限公司
开　　本　850 毫米 ×1168 毫米　1/32
印　　张　6.75
插　　页　4
版　　次　2022 年 11 月第 1 版
印　　次　2022 年 11 月第 1 次印刷
书　　号　ISBN 978-7-5447-9303-2
定　　价　58.00 元

# 目 录 | Contents

# 上辑　虚构之敌

# 书空录

我不会说出我的名字，不然有人会按图索骥，把套子给我准备好，挖好一个深坑，又在旁边竖起一块引人走近的指示牌——即使于己毫无好处，他们也要把一个个无关之人送进水深火热和狼狈不堪之中。我见多了这样的人。我多次看到这些人，在别人背后，刺出锋利冰冷的尖刀。当然，即使我说出我的名字，也不会有人注意到我。我是一个有名字的无名者，我所供职的杂志社，不会在扉页打上我的名字，那些索引狂魔和好奇怪叔，绝不可能从中国文学杂志的海洋里，把我打捞出来。我不过是一个编务，一个负责打打草稿、排排版的小人物，不会有人认识。我不是扉页上的社长、主编、副主编或者编辑部主任，不会有人在投来稿件的时候，附上一封信，抬头写上“尊敬的……”——当然，我一点都没有妒忌的意思，恰恰相反，我乐于这种被遗忘，热衷于当一个不存在的人、当一个无、当一团空荡荡。我不愿说出我的名字，那样，我吐出的这些疯言妄语，就不会有人嘲笑，不会有人投来不怀好意或充满同情的目光。

事实上，从很多年前，杂志社的老社长把我招进来当编务开始，我就一直怀疑自己干不好这件事——虽然这事并非多难。那是一个热火朝天的年代，当时我是一家文化单位看门的保安，但我很快连保安也当不了了。一场车祸夺走了我的妻子和刚刚开始摇摇晃晃走路的女儿，我则折了一条腿——关键是，肇事司机是个孤家寡人，也在车祸中把命丢了。他是潇洒走一回，我就很惨了，天降大祸，索赔无门。拎着一瘸一拐的腿，我连看门的保安也没法当了——小偷们都轻便得很，他们就是大摇大摆在我面前走过去我也追不上，何况他们都神出鬼没。那时候我天天恨不得去死，也曾好几回走到城市里的河边，望着水里浑浊的旋涡和泡沫，觉得底下便是鲜花盛开的龙宫或光耀明亮的天堂。我还没跳进去，当时的老社长就叫了一个与我倒班的保安盯紧我，把我从旋涡和泡沫的诱惑中拉上岸好几回。老社长找我聊过几次，他说，既然当不了保安，就到他的杂志社来，脚动不了，手还是可以的。他安排我去培训，学习电脑打字，后来我成了杂志社的编务，用敲打的手指，养着我那无底洞般的嘴。我的残疾证，也是老社长帮忙办下的。老社长后来升迁到上级部门去了，他跟继任者强调，无论如何都不能把我裁掉。我于是成了在这个杂志社工作最久的一个人，人们一个个地到这里，有的升有的迁，只有我，不断地在电脑上打印出一份份草稿，经过编辑们的编校之后，我排好版，出菲林，给印刷厂寄去。到后来，就不再寄菲林，而是直接在网上给印刷厂传压缩包，厂里刻版就开印。

这本杂志自当年的老社长主持改版之后，在国内外都有了一些名气，编辑部人来人往，不少著名的人物都曾来拜访，甚至有讲着不知道哪国语言的卷毛老外。我敢说，全国对这杂志的内容最了解的人，肯定是我。那些流水的编辑、有一搭没一搭的订户，肯定没有像我一样的，笨拙地把一期期杂志啃下去。能读得懂的少，读不懂的多，可随着时间的流逝，我感觉能读懂的内容变多了——当然，这可能是我的幻觉。我是一个时常有幻觉的人，比如说，我会从那条河的旋涡和泡沫上，发现妻子和女儿的脸；会从一篇来稿的题目中，听到妻子和女儿的笑声。这些幻觉我不敢跟人说，也没法说。

当年老社长主政之时，为了提高我们的知识水平，让编务把稿子打印出来后做第一遍校对，我也因此笨拙地翻着词典，把那些稿子看了，起先，我改掉的“错别字”和“标点”，常常被后几道校对的编辑在旁边打上三角形——也就是“恢复原样”的意思。编辑们投来愤怒的目光，我只假假地当作不知，当然，为了不让编辑们移恨老社长，我翻看词典更加勤奋了。我把编辑们处理过的稿子拿过来仔细查看，一天天过去，编辑们打上三角形的地方，越来越少。后来有了校对软件，社长也不是当年的老社长了，新的编辑只让我们根据校对软件的提示，标出可能有误的地方给他们斟酌，我还是忍不住把一篇稿子从头到尾读一遍，改掉我觉得需要修改的地方。若有一篇稿子中我改的地方没有被编辑们改回来，我就会窃喜好久。当那些文章被印刷出来，翻开整齐、崭新的书页，在一行行文字和标点的队伍中，我可以找出我的声音和动作。我的幻觉又出现了，手拿红笔在纸张上滑动的画面不断出现；我甚至看到，某个读者捧着杂志，目光在我修改过的地方失焦、出神，魂不守舍或者发出一声长叹。我觉得自己是一个躲在暗处的人，透过文字和标点的缝隙，看到读者们无法隐藏的表情。对了，不是因为老社长在我最绝望的时候帮过我我就说他的好话，他确实是一个想法超前的人。很早的时候，他就在单位里鼓励我们学英语、背单词，谁背得多，年货就多一些。我也因此死记硬背过英语单词，虽然那些单词都随着老社长的升迁还回去了，可我们的脑袋就像房间，那些单词短暂入住之后，即使很快搬迁，房间里也永远留下了它们生活过的痕迹。

我没有发稿权，我甚至不是普通的编辑，可若说我一个人编过很多期杂志，你们会不会觉得又是我的幻想症发作了？但这是真的，在我那一个人的房间里，有一个书柜，专门摆着这些杂志。那个书柜是编辑部淘汰的，我给捡回来了。那是老社长用过的书柜，我把我编的杂志摆在里面，就像看到当年我恨不得跳进旋涡和泡沫时，那个保安伸出的带着温度的手。这些当然不是正式的出版物，可若是你看到了，一定会很惊奇。它们是打印稿，一本本处于未完成的样子，可在我眼中，那就是完整的，就是杂志最终的样子。我甚至按照杂志封面的风格，给它们设计了封面，用同样的纸张打印出来，精心裁切，一眼看上去，你肯定认为那就是杂志的某一期。可这是属于我一个人的杂志，我是这杂志唯一的编辑，我有着至高无上的发稿权；我也是这杂志的唯一读者，我独享它的所有页码、文字、标点和空白。

你知道的……可能，你也未必知道　　无论哪家杂志，都有很多稿子是没法刊登的，甚至可以说，百分之九十九的稿子，没法转化为最终刊登出来的成品。写得好不好只是一个缘由，还有各种原因，让那些稿子永远无法面世：风格不符、题材禁忌、趣味怪异……还有很多理由甚至是没法理解也不能说出来的。那么多年里，我曾听编辑们无数次私下的牢骚，听过杂志社举行笔会时作家们的抱怨，他们在吐槽之后，却在一个无法描述的地方停歇、嘴巴微张，留下一阵阵寂静的空茫。一篇稿子投到编辑部，若是纸质稿，我会登记、编号，交给编辑；若是电子稿，则在打印出来、登记编号后，也交给编辑。很多被淘汰掉的废稿，最终又由我来处理，我也因此看了很多无用之稿。慢慢地，我竟然培养起自己的看稿“喜好”——我不知道能不能用“喜好”这个词——就是说，我会对某种风格的稿子特别喜欢，会在幻觉里看到那个作者写下文章时的画面，看到他是嘴角带笑还是眼睑遭遇洪灾。这些稿子被我单独挑出，仿照着杂志的栏目设定，给那些稿子写稿签决定是否留用，然后校对、排版、设计封面。我会在家里的旧电脑上，把版式调整到我最满意的程度，再到杂志社的编务室打印一份。我用最原始的手工装订，努力把它做得像是一本真杂志——真的，只要你不细看，只要你不是对印刷的纸张很了解，你一定以为那就是一本印刷出来的正式刊物。当然，这些杂志都是没有刊期、刊号的，在该标明刊期、刊号的地方永远是空白，永远是虚无。这本一个人的杂志，就像一个在杂志社里隐匿了四分之一世纪的无名瘸子，在某些人眼里永远不存在。我通常每年编两本，这五十本刊物就写着我的四分之一个世纪。我不是说我老有幻觉吗？是的，在某些幻觉里，我是一个时光收藏者，用老社长用过的旧书架，装下了我的四分之一个世纪——可那仍旧是一期又一期的空荡荡。

有一年，编辑部来了一个新编辑，还处于适应工作的状态。一次，他接待了一个缩着腰前来编辑部拜访的中年人。老实讲，这样的人我见多了，基本上不打招呼就自己跑来编辑部的作者，百分之八十都不太正常——若结合他颤颤巍巍的身形，这个可能性就要上升到百分之百了。那编辑毕竟太嫩，毕恭毕敬地接待他，接下来他递过来的稿子，听他唠叨了一个小时之后，才终于把他送走。他的稿子是所谓“诗词”，编辑很快按照他留的电话，回复他说杂志没有相应栏目，可另行处理。在电话里，这个投稿者回答得挺正常，挂电话之后，却立即给编辑发来了短信：“你有什么权力封杀我？这么优秀的稿子，你却不用，我要去买一把斧头，我要当顾城，你就是谢烨。”还没等编辑回话，他的连续轰炸又来了：“你要把我的稿子转给 ××× 看，由他来裁决，你没资格审判我的稿子。”他说的 ×××，就是当年的老社长，编辑苦笑着给他回短信：“这位老师已经离开我们杂志社十多年了，你有渠道，你可以把稿子转给他看看，我没义务代转。”这句话更惹怒了“顾城”，各种威胁继续飞来，把编辑吓得掏出他的诺基亚手机，给我们看那些短信：“这些我都存着，若有一天我真出什么事了，你们报警时，记得从这里找线索。”

大概两个月后的一天，我在单位附近的超市，认出了那个投稿者——我当然能认出他来了，他一遍遍给小编辑发威胁短信，还继续往编辑部投来打印的“诗词”，每封信都附上他的艺术照：一个中年男人，在高光的掩盖下，无比怪异。他正在超市门口推一辆购物车，腰身弯折，头几乎要贴到车上。我拄着拐杖过去，拍拍他的肩膀，他斜着眼看我，满脸疑惑。我说：“你不要再那样做了。”他眉头紧锁，显然，他不理解我指的是什么。我说：“你以为你做的事没人知道，好像别人拿你没办法……看到我这只脚了吗？被人砍的，你再那么过分，哪怕我另一只脚没了，也要把你废了。”他紧张起来：“……你……你……你说、说什么？”我把拐杖抬起，砸到他的购物车上：“不管你懂不懂，反正给我小心点，要不然，我把你写进黑名单……”他的腰更弯了，购物车也不推了，惊慌地钻入超市的人流。

这样的作者写的东西，有一点点审美的杂志自然都是看不上的。就连我编给自己看的那本杂志，也瞧不上他的稿子。可那人颤颤巍巍的身形，一直倔强地在我脑子里摇晃，没法擦除。某种恶趣味忽然涌上我心头：我是不是可以编一本专门刊载差稿、烂稿的刊物呢？在这本刊物里，一切标准都是颠倒的：言辞不通、标点混用、错漏百出，所有的表达都饱含着硬邦邦的粗俗和低劣的煽情。这本该是一闪而过的念头，在冒出来后，却再也驱赶不去。很多次，我在自己的窝里，翻看那些我依照自己的趣味编成的世界上唯一一本的杂志，觉得里头所有的表达都太“准确”了，经过我一遍遍校对、排版才最终打印出来的“定稿”，呈现出某种“权威”——虽然这“权威”只属于我。是的，这个世界太正确了，连我从来稿废渣里淘洗出来的东西，也被固有的秩序改正了，闪着理性的光辉。恶趣味不断成长、变大，形成一种滚动的力量，驱使着我。

首先，得选一个刊名。既然是恶趣味，那就彻底一点，叫作“0”吧。《0》的办刊宗旨可以是：“刊发了谁的稿子，谁就在这世界上没存在过，谁就成为没存在过的空无。”这些胡思乱想让我特别兴奋，我甚至立即开始制作创刊号的封面，我用设计软件所能调出的最黑的颜色，涂了一个圈——那个圆圈太黑了，俨然一个黑洞，能把一切都吸进去，能把一切都化为乌有。至于内容，就简单多了，威胁我们新编辑的那个家伙既然执念深重，那就把他的平仄不通、格律全无的诗词发头条吧。当然不能办成他一个人的专刊，还得有：一个退休老干部逢年过节创作的诗情洋溢的散文诗；一个自称一天可以写两百首诗、至今已经写了八万多首诗的神秘诗人曾寄来一堆诗稿和自荐信，我不发他的诗，只发他的信；一个抱着半麻袋手写稿的阿姨，曾不断跟我们编辑说，她这稿子一发，诺贝尔奖后年就该给她了——至于为什么不是明年，是因为出版、翻译以及诺贝尔奖那帮评委老头读到她的作品还需要一点时间，她的这部巨著《啊！岁月》篇幅太长发不了，三万字的前言是可以发的……我甚至都不用输入，只需把这些稿子挑出，手头有订书机就用订书机、有夹子就用夹子，把它们凑到一起后，把封面一贴，就成了敷衍潦草的一期《0》。封面上那个黑压压的洞，好像就算我把冰箱丢过去也能吞下。翻看这么一本“杂志”的时候，也能挖出某种乐趣来，一字一句惹人笑，所有的错误和不通皆成微言大义。

不知道是碰巧还是我定下的办刊宗旨起了作用，那个年轻编辑再也没有收到“顾城”的骚扰短信。有一次吃饭闲聊时，那年轻编辑还很疑惑：“有这个人？”当时我一愣，心想：不会因为《0》的刊发，那人就从除我之外的人的记忆中删除了吧？这个想法让我有了犯罪的忐忑，可转念一想，就算我拿着那本乱糟糟的《0》去公安局报案，向他们坦白封面上那个黑洞可以吸走内文刊发的作者，他们恐怕也只会建议我去安宁医院，或者根本不搭理我吧。我再细看那编辑的手机，早已不是那款诺基亚了，而是一款翻盖手机——也就是说，编辑曾收到的各种威胁短信，不会存在于这款新手机上。

自从编了一期《0》后，投到杂志社的所有稿子都成了宝贝：可用之稿，被编发到那个有着全国知名度的文学杂志上；正式刊物不能用的，被我分为两类，符合我审美的，被我编到那每年两期的正规刊物的“分身”上；那些让我讨厌甚至恶心的，则是《0》的菜，被我不定期归类，用一个封面捆绑、吸纳、消融于无形。我就像坐在键盘面前删除掉一个个不喜欢的文字一般，在幻想中删除掉那些写出“奇葩”文字的人。有时我想，若是《0》的宗旨真的起了效用，那些作者是多么倒霉啊，悄无声息地成为虚无，与除了我之外的所有人的记忆告别。

我所住的房子是老社长早些年把杂志办得风生水起的时候购下的。那时，文学还是社会上的焦点。在杂志发行的高峰期，为避免拖延刊物面世时间，老社长在三个省的五家印刷厂同时开印，以保证刊物准时发往全国。当年杂志社赚下的钱，老社长用一部分购买了一些房子，后来在各种改革中，有三四套被低价处理给一些老弱病残的员工，我也得以用几年的收入买了一套。这个小区修建较早，已破旧不堪，车位不够不说，位置也不好。我的房子有窗户对着一条河，算是某种程度上的河景房，我曾看过绿草在河边摇曳生姿。可你知道的，流经市内的河水，无论原来有多清澈，最后都会成为臭水沟。在城市改造的过程中，这条河不断变化，记不起从哪年开始，西面窗户正对的河边就安装了一个排污口，每天凌晨四点半排污口准时发出轰响，连玻璃窗和墙壁也隔绝不了。很多个夜里，我被冲出排污口的水吵醒，只好编着那一本本独属于我的杂志。后来，多了一本《0》，乐趣就更多了些。我不好意思说——其实，我也写点文字的，这几乎是每一个跟文字打交道的人都抵制不住的诱惑。这些文字没有人看过，怎么好意思给人看呢？我曾想化名投到我们杂志，然后从编辑的审稿意见上，了解自己写得怎么样，可还是不敢。留着一个人翻翻吧，哪天自己动不了了，就一把火烧掉，干净。

这是潮冷的季节，海岛上的冷。这种急剧降温，总是最容易被腿上曾折断的部位感知。那么多年了，我已经想不起两腿都健全的感觉了，伤口是安在身上的报警器，总是先于天气预报告诉我即将到来的天气变化。那种疼痛的预告太过精准，天气不同，刺痛的深浅、轻重都不同。

窗外，排污口哗啦啦，人类制造的污浊和噪声，让一个不存在的人坐在此刻。

……

人不需要有多少思想，只要他有某种“毅力”，就足以让世人膜拜。比如说，一个人定点、定时以一个姿势坐着，什么都不做，就坐着，不需要任何动作和言语。坚持一个月，他就是一个行为艺术家；坐一年，他已经是先知；三年，他肯定会成为世人眼中的神迹。他的坐而不动，蕴含着人类所有的意义和未来；他的随口一言，便可能会摧毁一位权力通天的君主和横扫人间的军队——啊，这是一个多么脆弱的世界，它甚至可以毁于一个人的静坐。

……

这些妄语怎么能见人呢？我甚至从来没有把它编入我那每年两期的杂志里——人真是蠢笨，写不出自己喜欢的文字，甚至，蠢笨到写下的每一个字都面目可憎。这样的文字只能属于火，火把纸张烧成灰，微风掠过，纸灰化为粉尘。对我来讲，文字的神圣仍然存在，有时看到一篇绝妙的文字，我只能叹息：真是老天爷赏饭吃，是老天爷握着作者的手指，敲下了那一行行文字。可这样的文字，从来不属于我。

有一段时间，我担任编务的杂志陷入了某种说不清的麻烦，无论我们的编辑多么如履薄冰，总还是有“读者”给上级部门写信，说我们杂志出现了各种问题：内容低俗，格调不高……给我们扣上一顶顶大帽子。那些信反馈回来，上级部门让编辑部写自检报告。编辑们头发变白的速度在加剧，他们看稿、校稿的精细程度提升了好几倍，仍没能阻止那些雪花般的举报信。编辑们同情主编，说他的任务就三个：道歉；回答“是是是”“我们一定更加小心”；装孙子。我们也很快知道，所有的举报都来自一人：一个胖乎乎的老人。他退休之后，精力过于旺盛，“想拯救一下破败的文学事业”，就把他关于“养三只小鸡”的八百字“散文”投来了。稿子没被留用，于是老人立志把杂志整垮。他细读杂志上的每一个字，从标点符号里挖掘出作者和编辑十恶不赦的可怕用心——按照他的说法，我们这里不但是卖国大本营，也是反人类的大本营，得装到火箭里射到太空去。他的信不但出现在省里相关部门的案头上，还漂洋过海摆在了更大的领导的办公桌上。他在信里把我们写得如此罪大恶极，让相关部门如临大敌，组织人把杂志一遍遍通读，只读出两吨疑惑与万米不解，没挖出可疑之处。

我们的主编说："你看，你看，专家们不也跟我们编辑想法一致？"一个领导支招："天天被折腾也不是办法，你就把他文章发一发，认怂算了。"主编苦笑道："要是发了就能解决问题，就不会这样了……"其实，主编托人传过话，让那个老人再赐稿三则，好一并刊发之类。据传话的人描述，老人用鼻孔冷冷哼了几声："杂志版面，是他们用来谈条件的？能发就发，不能发就不能发，我岂是接受招安的人？没我同意发表我的文章，我告死他！"——他还理直气壮了。领导一拍桌子，指着我们主编的鼻子吼："不管用什么方法，你把这事解决好，再这么闹，一堆人给你们陪葬，那还不如你们早点关门好了……"主编只能点头："是是是。"

编辑们想了很多法子，甚至有人喊出一句："要不，我豁出去，把他装麻袋、推海里？"一阵哄笑。这话我倒听进去了，我想到了之前那个"顾城"被我在超市制服的情形——要不，我拎着拐杖，去找那老人谈谈？住所倒是好打听，要见到这人，有机会跟落单的他说上两句，倒也不容易。他从小区出来，拎着一张报纸刚走进旁边小公园的时候，我走了上去："你认得我吗？"他盯了我好半天，说："你……是……我不认得。"我说："不认得就好。我认得你，这些年，你举报信写得挺多的吧？"他说："举报信，你在说什么？"我说："有人因为你的举报信被关起来了，托人找到我，让你给个说法……"他说："听不懂！"我呆了一会，抬出"必杀技"："那就讲你听得懂的，我看上你的脚了，想让你摘下来……给我安上去。"他喘着粗气："……你……你……你……"我说："如果还到处寄信，下次你就得把腿取下，等我来。"我把脸凑过去，几乎要贴到他圆乎乎的脸上，我吹了一口气，他脸色煞白，瘫软在地。

这事之后，杂志的麻烦并没有断——我能想象，那张圆脸上两点绿豆大的眼珠，在放大镜后面不肯眨，深挖着我们杂志上的罪恶。我当然不会真要去把他的腿给卸了——万一扭打起来，我能不能顶住他肥胖的身躯都不好说。我最后的"办法"，是把他的稿子编到《0》里头，想利用办刊宗旨的"诅咒"力量，把他吸入封面上的"0"。可关键是，要找他的稿子，并不容易。我也是花了快一周时间，才翻出他那篇"养三只小鸡"的奇文，幸好，这篇文章还在杂志仓库的废稿堆里。我立即编发，并把那些被转了几道终于抵达编辑部的举报信复印件再次复印，附在后头，编了一本《0》的专刊——这是老人一个人的专号。

好像真的有用。之后的半年里，转过来的举报信变少了，终趋于无。我暗暗惊喜，不再觉得这是巧合，《0》，确实有着抹除的魔力。大约一年之后，无意中打听起这人，有人说他好像生了一场病，在重症监护室里待了一个多月，活是活过来了，却已经不大认识人，对着妻子喊妈妈，对着儿子喊书记。这些传言让我很失望，因为，在最初的设计里，《0》要抹除的不仅是这个人，还有别人对他的记忆；此刻，他人还在，大家都还记得他，这无疑说明，一切都跟《0》毫无关系。我只好安慰自己：会不会这一次没有抹掉别人对他的记忆，而是把他自己的记忆抹除了呢？不然，他何以对着妻子喊妈妈，对着儿子喊书记？

——这难以验证真假莫辨的猜测，让我陷入悲伤。

看到老社长的近况，编辑部的人情绪都不大对。大家回来之后，就开始默默翻看他当年编过的旧刊，虽有一行行印刷文字的确证，虽然这杂志栖身于全国各地图书馆和个人的书架，它却总给人摇摇欲坠烟消云散之感。编辑们还找出老社长当年留下的砚台、笔筒之类，睹物怅然。这一趟拜访老社长之行，编辑部的人都去了，我也跟去了。此前，有时想起老社长，我也会打个车，拎点水果去看看他。但无论我如何推辞，走的时候我还是发觉自己从他家拎走了更多的水果，甚至会提着油腻腻的半只鸡。退休多年，他过着隐姓埋名的日子，每有他当年推出来的作家打听到编辑部，希望去拜访他，他一概拒绝。老社长是一位纯粹的编辑，能抵制书写的诱惑，不论在不在编辑之位，都不搞创作——可即便如此，他早年在一些会议上的发言，还是被整理出来，都是一字不可移的好文章。一些作家在文章中写道，老社长往往敏锐地指出某位作家有什么缺陷，又可以把哪个优势发挥到极致，作家心悦诚服。有作家在文章中写道："这么一个目光如钉子、开口即金句的人，竟全没写作的欲望，这只有一种可能，那就是他害怕写下的句子被归类为小说、散文、诗歌或评论，他不屑和那些打内心鄙视的写作者同写某种文体。"退休之后，他甚至没在家里摆放什么书，该打麻将打麻将，该喝茶喝茶，从来不认为多读几本书是多么了不得的事。

我们前去探望的时候，他已经从一场急病里出院一个月。他的身体倒没啥，就是记性特别差，当我眼前迷蒙嘴角泛酸站在他面前，他指着我的腮问："你……是……来卖拐的？"他是在说赵本山的小品？编辑们跟他谈起当下的杂志状况、话语空间和文学潮流，他听倒是听得仔细，末了却说："文学？杂志？什么？"面前的四五个编辑，他也对不上号，他老伴在一旁一遍遍重复介绍。到了此时，就不得不跟他告别了，不得不跟与此相关的记忆告别了。他老伴在后面挥手："走好，走好，感谢大家……"

回到编辑部，编辑们嘴唇发抖，老社长怎么能忘了呢？他当年是这杂志的奠基人、开山者，是国内文学期刊界的一位大佬……怎么就……连他都这样了，我们一期又一期编着这“废纸”，可曾改变了一丁点世道人心？我没加入编辑们的七嘴八舌，我说不出“虚无”之类的词，可想到老社长认不出我，我就觉得腿脚发痛——仿佛当年被压断的位置重被撕裂，一回又一回。最痛的，当然不是身体之伤，而是看到身子不完整的妻子女儿，她们的头脚分离，某个角落还溅射着她们的一摊血、小块肉。她们定格于最好的年龄，而我已老残如斯，若她们隔了这么多年后，再见到此时的我，定然只能喊出：“阿公。”别说她们，我盯着镜子，也很想对着镜子里的人伸手问：“您是？”身心之痛越来越清晰，却又连自己的长相都忘了——我的记性是更好了还是更坏了？

社会化的人，想再完全脱离社会，显然不可能。他们总会设法再建一个世界，或在某种艺术里，或对着虚无幻想。我要修建一个什么世界？我编着一本本没有读者的“杂志”，将它们摆放得如此隐秘，连风也未曾光顾，白蚁和蚊子尚未临近就被我杀绝。这是要修建跟何人联系的桥梁呢？桥梁的起点在哪，终点指向何处？

A 坐在我面前，嘴巴颤动，他将对我说什么？

B 站在我身后，他第一个音如何发出？

我是 C，我对他们熟悉又陌生，他们在我的记忆之中又在我的记忆之外。

A、B、C同为一人。

我终于要给自己编一本《0》了，这是属于我的专刊，当然得郑重其事地写几句编前语。当收集工作开始，我才发现，曾在我脑子和手指下诞生又被我遗忘的文字在一点点冒涌，残缺、陈旧的纸张从某个角落里飘来，被遗忘的片段从电脑文档中浮现，它们争相报名，排队向《0》走来。这简直是一项永远没有尽头的工作，可我乐在其中。我给自己定下了一个规矩："如果有七天没有再翻找出一行文字，那就定稿。"刚开始时，我几乎每天都要接待这些来访的文字，它们呼朋引伴，希望我认出它们，希望我想起写下它们时的表情。勤快的文字来过后，剩下的就是羞怯的文字，它们扭扭捏捏，在我的视线之外徘徊，但总会在七日之内出现。当我七天内没再发现任何文字时，已经过了大半年。望着那些文档和纸张，这就是我的"全集"了吧？

既然是我的专刊，当然不能像那些被我"抹掉"记忆的人那样潦草对待，这些文字得全部录入、排版，给它们一间舒适的居所。这又是一项不小的工程，可我时间那么多，兴趣那么少，它们总有完成的时候。封面纸张也要郑重其事，我专门去与我们杂志社长期合作的印刷厂，找老板要来几十种纸，终于选中一种据说原料极其复杂的特种纸——我倒不是喜欢那种纹理——选它的原因在于，看着这种纸的时候，你没法想象它的原料是什么。也就是说，这是一种丢失了来路和记忆的纸。我还在网上买了我所能买到的最黑的材料，剪了一个圆形——它太黑了，以至于剪刀剪过它，像光刺破深夜。光射上近乎绝对的黑，几乎没有任何反射。

内文装订好之后，我在家里狭小的空间走了好几遍，把摆在书架上的所有“书刊”都取下，手指在书的边缘划过，我得确认，自己仍旧记得它们的每一个细节。我当然没有忘记。好好洗了一个热水澡，水珠在腿上的伤疤流淌，当年的痛仍未减弱。我给自己二十分钟冥想，还有什么事情是遗忘了的？确定记忆清晰、诸事就位，我终于要给这本属于我的《0》装上封面了。我太熟悉这个工序了，固体胶涂抹到哪个位置、什么程度，不需要眼睛来看，只凭手感即可。这么一个重要的时刻，我竟然没有一点激动，太奇怪了。画龙之后，最后的点睛，会让龙飞升——给《0》装上封面，我慢慢摩挲，封面终于完美无缺了，真正的印刷品也没这么完美的品相。我的手掌在封面上轻轻一拍，完工。

我期待那个时刻的到来：《0》编好的瞬间，到底是我的记忆被抹除，还是别人会遗忘我？我会痴痴地回想“我是谁”，还是曾经的熟人投来茫然的目光：“你是谁？”

# 好好做人

说书人用笨拙的方式来认识自己的身体——以一把貌似古老却是刚刚制作好的软尺，绕在某个部位，测量其尺寸。是的，只要他愿意把身上所穿的智能服饰相应功能打开，身体的各种数据便可立即调用，他却固执地选择了最古老、笨拙的方式。这种笨拙，是一种不太正常的“尊严”。世纪之初，智能手机兴起，随后是智能穿戴设备的热潮，起先，技术方向未明，更有一些科技公司，把智能穿戴设备当奢侈品来卖，钱倒是捞到了，可在技术上走了一些“弯路”——2020 年之前，智能穿戴设备最大的用处是在社交媒体上炫耀每日步数。2020 年之后，一切都发生了改变，很多科技公司都把人体数据当作未来的探索方向，贴身的智能穿戴设备，迎来了瞬息万变的发展。四十年过去，如今这个世界变得越来越没有秘密，好像，也不再需要秘密。

他在网上博物馆里查询，又与自己的记忆印证，才开始制作一把软尺——这种人类弃用了近三十年的过时之物。现在的年轻人，几乎没听过这种东西，讲起它们，注解多于正文，变成与女娲造人近乎同一性质的上古神话。幸好手工做一把尺子并不费事，把长度直接投射到工作台上，照着刻度画上即可。这两米长的软尺在他的手指间穿插缠绕，那曲曲折折的不是尺子，是他的记忆。他喘着粗气，身上不少部位在疼痛，具体什么部位说不上，是一种会游走的痛，像体内正窜着一尾鳞刺锋锐的鱼。这病已越来越严重，连行动都变得困难——即便只是制作尺子这么简单的一件事。

还得通过网上博物馆查询旧视频，才能了解手工制作一身衣裤的整个流程。20 年前的 2040 年，几乎所有的制衣厂都淘汰了人工，全由机器人来剪裁、制作，除了某些价格高昂的私人订制成衣。可为了方便调控，这些作坊都是被严格控制数量的，生产资质极难获得，而且本着只出不进的原则被逐步淘汰。可谁也没想到，到了 2050 年，传统意义上的衣服，竟然被彻底清洗出历史舞台了。当那家从音乐播放器时代就开始不断改变世界的巨无霸科技企业推出智能服饰 iClothes 时，嘲笑声不仅来自同行，也来自行业外的所有人。那家企业的一些老粉丝无比悲伤，他们都明白没有长存不败的企业，但让他们难以接受的是，它竟然将要死在这么一件滑稽的产品当中。当时，那家企业的股价几乎跌掉了百分之八十，无数人因此破产。CEO 的更换，并没有阻止那家偏执的企业迭代产品的步伐，他们仍旧一年一代更新，并在更新到第四代时大获全胜，引来了整个科技行业的跟进，传统的服饰企业瞬间全倒闭了。在以智能设备收集用户的几乎所有数据之后，那家企业推出的 iClothes 几乎是以往智能产品的终极版本——以往所有随身的智能产品的功能，都能在 iClothes 上找到。接入万物互联的网络倒在其次，它最大的卖点是其采用的最新材料可以按照用户的心意，随意切换颜色和款式——有无数的设计师不断在网络商城上传服饰设计图，用户可以试用，只需一个按钮，身上的服饰就能立即改变款式，试用满意再付款。当然也可租用，按穿戴时长计费。也就是说，购买一件 iClothes，就相当于购买了全世界所有的衣服。新的材料技术，会在你穿上 iClothes 的时候，立即全方位扫描全身数据，自动调整出让你感受最舒适的大小；不同场合的衣着切换也不需要烦琐的更新和搭配，只需在软件上选定，身上立即变换模样。传统的服饰企业无力回天，纷纷倒闭。布匹，成了陈旧年代的见证。尤其在第四代推出时，如果绑定了用户的人体数据，iClothes 便启动健康模式，所有对用户身体有害的病毒，都会被杀死、被摒弃在人体之外。这项技术不仅在审美上终结了传统服饰，也指向了人类健康的未来。iClothes 四代的发布会上，新的 CEO 在介绍产品时就曾夸耀，iClothes 四代的推出，使得 2020 年蔓延全球的那类大流行成了永久的过去式。

说书人当时也看了这场全球直播的发布会，他不像其他人那样被新产品几乎无所不能的新技术所捕获，而是在发布会回顾 2020 年那场大流行时，被自己的记忆频频突袭，眼前不断飘荡着 2020 年覆盖在所有人脸上的口罩——他觉得，他的心已经死于 2020 年，死在那被口罩遮挡住的急促呼吸里。

那病毒的狡猾与坚韧，远超人类的想象，之后不断出现的变种，也在不同的地方三番五次地侵扰人们。他的家人在第一波疫情时尚且安全，可经不起这一轮又一轮的折腾，终于陆陆续续染病死去。他也染病了，可他是无症状感染者，很快转阴。只剩下他一个人以后，家里从未那么空荡荡过，世界从未那么空荡荡过。他万念俱灰，卖掉房子，浪迹于山川野地，一双双鞋子被磨薄，脚底则不断长出厚茧。疫情防控让走动变得困难，可他专门往野地里钻，再严密的封锁线路也没有阻挡他的脚步。浪荡的那两年里，他时时想起疫情暴发前一周的一个饭局。在那个饭局上，有一个退休老人在谈笑间说，他最近做了不少推演测算，世界又到了一个动荡期——每到这个时期，天文地理皆有异象，会有一批生命被收走。这位老人曾师从一位著名的国学大师，据说能窥破天机，他也因此得到了某些“老天的惩罚”——他的小孩在三十岁之后仍不懂得去小卖部买东西是需要找钱的。老人饭局上的话，让他感觉到某种怪力乱神的荒诞。散伙的时候，老人在他肩膀上拍拍，眼睛被层层沟壑掩藏：“从今往后，天地多变，好好做人。保重。”他只能说：“好！”当时的他哪里能想到，几天之后，饭后神侃成真，病毒的消息传出，封城的消息传来……春节之后，他的好奇心被引起来了，想找到那个叫他“好好做人”的老人，却也奇怪，那之后，就再也没有了那老人的任何消息，好像他从来没存在过。他后来也曾在网上搜索那老人的一些消息，可除了其多年的任职履历，几乎没有任何其他的消息。

多年之后，他还不时想到疫情暴发后的那场漫游——无所事事，一个被抛弃的无用之人。是的，从家人被疫情接连夺去生命开始，他就觉得自己的存在已属多余。有好几个月，他在深山老林中找一个山洞或者一棵巨大的树，闭目神游。此前，他没修过佛，没练过瑜伽，不知道就那么安静地呆坐着算不算打坐。那与乱糟糟的世界隔绝的日子，让他无比羡慕古人，羡慕古时世界的缓慢。他有时很期待一场午后的风、天黑前的落日、暗夜无端的雨。他没能在山野中一直待下去，主要是因为坐到最后，那个“好好做人”的声音一直在耳边回响，犹如惊雷，扰乱他的心绪，让他夜夜失眠。他搞不清这话是什么意思，要是继续躲避尘世，即使不走火入魔，也得神智错乱。他回到了城市，重新投入瞬息万变光怪陆离的世界，穿戴上一身的五光十色。近些时日，身体上某个部位的疼痛越来越烈，没一会儿，疼痛就开始游荡，仿佛要把全身都拆散。与痛感同来的，是大疫情后的漫游以及深山里的静坐的记忆，当然，还有困扰他直至今日的那四个字——“好好做人”。

智能服饰一统天下时，他也没得选，只能购买这市场上唯一的穿戴品，但他不追求最新的功能，只在已有的被淘汰之后，他才会去黑市购买那些过期产品，把所有新功能全部关闭，只保留基本的保暖遮羞功能。起先，智能服饰不断发出语音提醒：“用户您好，为监测您的健康，请开启相关功能，我们将全方位保护您免受病毒的侵扰。”提醒多了，他就把语音功能也关闭了。

他知道，眼下他的病并不麻烦。只要摁下服饰上的某个键（以纽扣的方式存在），十几秒之后，他身上的健康数据便会立即上传到数据库，诊治反馈、用药须知和治疗方案就会被传回，恢复健康并不困难。这些年来，这几乎已经成了全球所有病患的治疗常态。可他并不愿意打开那个功能，科技的诱惑确实太大，疫情之后的四十年来，整个世界的人，都在智能服饰上市之后，选择对自己的健康进行全方位监测；可他不想在大数据里重新被统计——他想继续当时代的漏网之鱼，活在记忆中的“远古”之日、技术上的洪荒之地。

2050 年，有一家年轻的科技公司，以破天荒的技术，在人体内注入可安全使用一百年的量子机器人，这项技术短时间内就改变了整个世界：它让微小的量子机器人在人体内驻扎，只要病毒在人体内累计达到一定数值，机器人就展开清除。起先，有很多人反对这种注入体内的技术，并在伦理上进行批判，可它在一些绝症病人身上应用的效果实在太过惊人，反对的声音很快就被淹没。这项技术在三年内就几乎全球普及，最明显的改变，是人类的病死率急剧降低。一位学者，虽然心存警惕，但在年龄老迈饱受病魔摧残后，还是接受了这一疗法，并提出了“历史终结新论”。他在这个新的理论里，回顾了前人理论的幼稚点——把目光放在社会制度上，忽略了技术才是历史终结的最大力量。他的新观点是，这项技术非常有效，极大地缩减了各国在医疗福利上的支出，再加上那家年轻企业已经把这个技术开源，因此，有研发能力的国家，都免费用上了这项技术；虽然说这项技术不一定能让人类达到永生，但在它诞生的十年内，凡是使用这项技术的人，还未出现过一个死亡案例——十年还太短，尚看不到这项技术的天花板所在。这位学者说，死亡从人类身上撤离——至少是暂时撤离——的这些年，才是真正的历史终结的开始：即使出生率极低，死亡的锐减也使人类面临人口越来越多的困境，显然，历史在这里终结了。开启新纪元的唯一出路，就是朝广袤的宇宙开拓。这位学者将历史改变的节点追溯至起源于 2020 年的那场大流行——2020 年后，诸多技术转向，给人类世界带来了不可逆的改变。

说书人这些年遇到的最大麻烦，就是不断回绝上门劝说他去注射量子机器人的社区人员。到最后，他签署了自愿放弃所有的社会福利保障的承诺书，才彻底让社区人员把他这个“钉子户”遗忘。自愿放弃之后，他的所有数据也同时被注销，也就是说，他成了一个没有任何身份的活死人。按照越来越严密的管理制度，没有身份信息之后，任何交易都会成为问题。好在无论多严密，总有漏洞存在，他可以在黑市买到自己需要的任何东西。对他来讲，身份数据被清除后，就业是最大的困难，不过，他有自己的优势——作为自然人的想象力。医学技术愈发达，某些说法和理论就愈趋于统一，比如说，它们认为各种病变其实来自人的各类妄念。这个理论带来了很多新技术，包括情绪稳定器。此前，人无法控制自己的念头，而各种植入人体的设备的发明让情绪操控变得越来越容易，当杂念浮现，人们体内的设备会提出预警，预警无效，就会以催眠方式让人入睡。这种技术，最初用于那种情绪起伏较大的抑郁症、狂躁症、失眠症患者，后来则向更广大人群扩散。时间久了，人们发现，使用者连一般性的想象力也在削弱——妄念和想象本就一体，难以区分，就连不断升级的数据算法也难以辨别它们。他作为丧失身份、不给身体注入任何设备的“自然人”，想象力反而成了他的长处，他可以赖此谋生，在黑市里从事一种古老的职业——说书。他凭借一块惊堂木，说起大流行前的往事，引来丧失想象力乃至记忆的人们的惊叹，他也借此换来生存所需之物。

“那棵树像蓄势待扑的猛兽……”说书人说。

“哇……”听众喊起来。

“病毒像潮水，淹没了整个世界……”说书人说。

“哇……”

……

听他说书在黑市里是被严控的，所有进来的人，需要缴纳不菲的费用不说，场所也会把所有信号屏蔽，不能有任何数据外泄，以绝后患。除了说书，他随手的涂鸦，也是黑市上的紧俏昂贵之物，很多人都以家里悬挂他色彩凶猛的画作为荣。“啪”，手头的惊堂木一拍，对他来讲，这不是说书，而是开启了时光之门，进入某段过去的时间。所有翘首以盼者，随着他的胡言乱语，也在时间里任意穿梭。他也会讲起早就被人类遗忘的武侠小说，讲起那些落拓的江湖客和古道、西风、瘦马。有时，由于故事太过久远，再加上想象力被抑制，听众没法拼凑出那个画面，他就拿出自己色彩缤纷的画，让那些人直接观看，激起听众们的阵阵呼叫。进入这黑市，听说书人用语言建构世界，是极少数人才能拥有的享受，费用极为昂贵，但听故事会上瘾，富人们愿意掏这个钱。前来听书的，悄悄来悄悄去，一旦有人外泄消息，就会被终止会员资格，被黑市永久封杀，甚至招致杀身之祸——说书带来的利润巨大，黑市的幕后老板给予了说书人极大的保护。

这一天，惊堂木拍过之后，说书人没有立即开讲。他掏出一段东西，展开、拉直：“各位爷，这是软尺，在座的年纪也都不小，应该还记得。”在座的人都很疑惑，面面相觑，看来并没有多少人想得起。他只好说：“它被人类弃用不过二三十年，而我们已经把它忘记了。我用这软尺做什么呢？各位爷，你们未必能想到，我想做一件衣服，一件真正的衣服。”他指着自己身上落后了好几代的 iClothes，说：“不是这种掌握着我们所有信息的衣服，而是真正的衣服。”听众们的神情有些呆滞，他们也经历过布衣年代，可那些记忆已经太过遥远，说书人今日提及，是准备讲一个什么样的故事？说书人把软尺收起，面色黯然：“其实，今天到此，没想好要讲什么，我是来跟大家告别的。这是我最后一次登台，也不多说了。惊堂木响，人生四散；江湖路远，今日别过。有几行诗，送给在座的各位。”

说书人手一展，抖开一张纸，上面写着：

在没有英雄的年代里

我只想做一个人

宁静的地平线

分开了生者和死者的行列

这是一个在量子机器人诞生前死去的一个诗人写的句子。那天做好软尺，说书人想拿尺子量一量书架，随手翻看了几本数十年没碰过的旧书，把这位已故诗人的诗集翻了出来，读到了这几句。听众们都很惊讶，他们不仅仅吃惊于说书人忽然宣布“金盆洗手”，而是想不通尺子、告别和诗句之间的关系——有人试图思考，但是不行，休内的情绪稳定器立即发出预警，他们的联想被强行切断，昏昏欲睡。

惊堂木和那张写着诗句的纸，在很长时间里，成为黑市上最隐秘的话题。

与布相关的博物馆很少，他只能查到邻省有一家尚能对外开放。他立即前往那里。这家“布艺博物馆”并非起源于收藏和展览，而是迫于生存才成立。2020 年大流行之后，智能服饰的崛起让布制品迅速消亡，国内最大的服装厂囤积的布匹还未来得及加工出手，就被历史淘汰。老板准备跳楼自杀，后来有人说了一句闲话：“既然没用了，那干脆供起来。”老板灵光一闪，对仓库里的布进行加工，修建了这么一座布艺博物馆，终于成功转型，避免了破产跳楼的命运。为了凸显布艺的元素，这家博物馆连墙壁都以布制成——进行防水防腐防火的处理后，直接压缩成大块的布砖，砖面闪现某种奇特的纹理。馆藏不断激起他的记忆，那些混乱的画面不断闪过，大多是关于2020年大流行的。毫无疑问，2020年是他生命中的一个时间界碑，划分了不同年代。当时的街上全是戴上口罩之人，家人离去，他虽最终安全了，可他总感觉身体里仍旧潜伏着那头细微的猛兽。在山野之间漫游之后，他把自己当作一个修行的老僧，希望能够感受一次真正的入定；他把栖身的山洞收拾干净，布置成一个舒适的房间，想在那里长久地居住下去。四周无人，不用担心任何来自人身的病毒，也不用担心会把自己身上潜伏的病毒传播出去。世界寂静，可并不寂寞，山野之中活物甚多，他并不缺少交流，山洞前那棵五个人联手也围抱不了的巨大松树就是他最好的对谈者。每到夕阳西下，山风荡漾，他耳边的树叶沙沙，都是松树与他的深谈，他听得懂巨树历经岁月后的悠然长叹，那是长者见惯生死后的慈悲。可他静不下来，内心一直回响着“好好做人”的声音。他重新投入茫茫人世，犹如再出生一次——但他不再惧怕任何事，在所有人都被裹挟、卷入技术之潮的时候，他固执地当一个原始、落后的自然人。直到此刻，直到病毒绕开大数据的监控，在他身上繁衍生息，终于要把他熄灭，他也没有把自己接入无死角的数据海洋的打算。他拒绝数据的拯救；他不愿意身体被啃噬的痛苦轻易地转化为数据，转化为一个个“1”和“0”。

博物馆里，一匹匹布在他面前折叠或展开，他知道，这些不是布，是历史。这些布散发着历史的体温，也散发着历史的气味——

就像刚刚从某个人身上脱下，还散发着他身上的汗酸味。走完整个博物馆，他比很多人要伤感得多，这伤感倒不是来自博物馆里被急剧压缩的历史时间——当然也有这个理由——更因为身体的不适。每看到一匹布，他就会幻想，把这样的布穿在身上，该有一种怎样的体贴？他甚至感觉身上的智能服饰让他无比瘙痒、别扭、滑稽。是的，他关掉了这套智能服饰的诸多功能，从穿戴感来讲，它和传统的布并没有多少差别，可他总觉得，那些功能只是暂时被屏蔽了，服饰每天被日光、灯光照射后便自动存储的电流，仍旧在服饰的每一条纳米纤维上流动，在他的身上形成一个磁场罩。也就是说，尽管大部分功能都关掉了，可厂家仍可能会在他不知情的情况下，搜集关于他的身体的各种数据。

那个生病的器官发出剧痛，迅速传遍身体的每一个角落，他颤抖起来；很多次，他痛得忍不住了，几乎就要放弃自己的坚持。只要点击一些功能，各种治疗方案便会一清二楚地发回，预约附近的治疗仪，在无需医生帮助的情况下，他就可以把自己挽救回来。是的，这些年，掌握着大量数据的科技公司，也几乎把传统的医疗体系全部摧毁了，医生们都受雇于那些科技公司，他们的作用，是在后台分析数据，审核、修订给客户开出的诊疗方案，具体的手术操作，基本上都交给了无比精密的全自动治疗仪。这些治疗仪犹如电动汽车刚兴起时的充电桩，建在各个社区附近，预约之后，病患就可以像走进个人点唱机那样，走进治疗仪，按照提示操作设备即可。他这些年躲避着数据世界，是这个数据网络的一个小小盲点，是所剩无几的自然人了，每次他痛得快要把自己这个盲点接入万物互联的网络时，耳边总是响起当年那个老人拍着他肩膀说的话："好好做人。"他担心一旦自己投入数据的怀抱，迅速恢复健康，就永远失去"好好做人"的资格了。

按照此前的预约，他来到了布艺博物馆馆长的办公室。万物互联、实现智能化之后，馆里所需的工人极少，再加上这是私人博物馆，馆长平时也在办公室里待着。这是一位须发皆白的老者，他的办公桌上空荡荡的，并没有摆放一个屏幕当控制台。此前预约时，说书人已经把照片发到馆长这边，所以他在馆中的一切行动都十分顺畅，走到任何一个门卡处，他都能被识别出来，畅通无阻。

"来了？"馆长说。

"来了。"

"你为什么觉得我会见你？"

"我赌你会对我这么自信很好奇。"

馆长沉吟一会："我确实有些好奇，但我不确信我会给你一匹布。"

"我不要那么多，足够做一身衣裳就行。"

"你看我身上这一套，也早就不是传统布制衣服了。你知道的，时代总要发展的嘛。我这里所存的，也都申请了物质文化遗产，这都是人类留下的痕迹——虽说这些东西在当下没什么实用功能，但总得把它们留下去，不是谁来、谁有钱就能割几米的。”

“我本来就不是要跟你买，我是来跟你交换的。”

“交换？”

说书人拉开随身的行李箱，从里头取出一个透明的真空袋，真空袋里包裹着一件奇怪的东西，一时也看不出来那是什么。

馆长没有问，说书人知道他的疑惑，说：“你是不是在想，这东西凭什么可以在你这里换一匹珍藏多年的布？”

馆长没回答，他还是盯着那个真空袋。

“馆长年纪应该跟我差不多，你还记得 2020 年吧？”

“2020？”

“大流行那一年。”

馆长的表情瞬间凝重了。

说书人说：“你可能看不出来这是什么，因为它被卷起来了。这也许是那场疫情留下的唯一遗存了。这是一套防护服，对，就是当时医护人员、海关人员穿的防护服。这是我曾穿过的一套……我悄悄藏下来了……那时兵荒马乱的，不会有人注意少了一套。当年我用真空袋封好了，后来换过袋子，你放心，不会有当年的病毒藏在其中——真有，也是死病毒。”

“这么一件东西，藏了几十年，就成宝贝了？”

“你这是什么博物馆？”

“布艺啊。”

“你展柜里挂了很多不同年代的服饰，你也懂的，2020年疫情让人类的历史发生转向，可你的展柜上，竟然没有任何关于那个历史节点的穿戴物，你不觉得有点遗憾吗？”

馆长的嘴角抽搐起来，花白的胡子在抖动：“你在黑市肯定能卖出更高的价钱，为什么来我这里跟我换？”

说书人苦笑：“馆长，不瞒你说，如果不是时日无多，我还会让这件东西一直跟着我。这是我跟大流行之前的时代唯一的联系了。可没办法，我病了，还病得很重，这东西再存在我那，终究会成为一件垃圾，你这博物馆，才是它最该待的地方。还有，馆长，可能你还会记得，在我们那个年代，人要死了，得穿得体体面面的。我来你这里换块布，并没有什么见不得人的，我只是要给自己剪裁一件寿衣。在我死之前，我得体面地穿上——我不想穿着这身智能服饰去死，好像就算我死了，就算我腐烂了，这玩意儿还不断在我身上扫描、收集数据……”

“死？”馆长觉得奇怪，好像已经有很长时间，他身边再无死去之人，也再没听过这个字，“有什么病是现在医治不了的？”

说书人指着身上：“我关闭了所有功能，我是数据之外的人。你知道，我活在黑市，活在夹缝里，现在病来了，我年纪也不小了——说了你可能不信，我总觉得，我本该在疫情之中死去。”他掏出十余张纸，那上面有他手写的字迹。他说：“这是我写下的关于这套防护服的故事——我想，这么一个故事，没有任何一个进入你这个博物馆的参观者拒绝得了。你可以瞄几眼，如果你不同意换，我也认了。”馆长拿过那沓纸，开始阅读，他的表情一点一点变得难以琢磨，低下头好一会。抬头的时候，馆长眼眶泛红，眼角有泪水溢出：“换。”

说书人内心满是惆怅：馆长到底是被那个故事感动，还是记忆和想象被削弱的人，都可以轻易地被掌控情绪？

布装在随身的包里，他激动不已——他将会穿着这叠布剪裁而成的寿衣死去。幸好，他没有往体内注入情绪稳定器，不受机器的监控，可以放任自己的念头乱窜，可以无所顾忌地当一个让心撒野的人。活在数据之外并不容易，各国政府出于成本管理的考虑，总是倾向于把所有人纳入数据统摄，近些年的新生儿，哇哇啼哭之后，便获得一个独一无二伴随终生的编码：身份号码是它、通联号码是它、银行账号是它……每个人都变成了一个数字。

但总有一些缝隙和阴影存在，也总会有那么一些类似说书人的人，背离数据，迎向数据之外的暗地，迎向死亡。

回到家里，他翻出自己制作的软尺，再一次测量自己的身体数据，在布匹上画线：领座、领扣、门襟、前片、袖子、领尖、袖口、开衩、驳头川、腰节、摆缝、底边、串口……他在给衣服的各个部件画着符合自己身型的数据——他忽然想笑，费尽心机躲避数据，却没想到，自己动手缝一件衣服，仍要把一切转化为数据。当然，不能被数据转化的，是他以软尺测量时手指对自己身体的触摸，脖颈、肩膀、手臂、手肘、手腕、前胸、后背、腰身、肚皮、臀部、大腿、膝盖、小腿、脚踝、每一个脚趾和脚趾缝……他满怀感恩和愧疚，感恩身上的每一个部位数十年来的奉献，愧疚自己对这些部位的遗忘——甚至从没好好注视、抚摸过。当他手掌揉到自己的肚腹，剧痛的部位也忽然变得舒缓好多，好像那里的痛并不是因为生病，只是像小孩一样哭闹，以引起他的注意和抚摸。剪裁衣裤不需要测量头部，可他也慢慢地摁着自己的头，轻抚那日渐稀疏雪白的头发，指尖滑过眼睛、鼻子的轮廓……他不放过身上的每一个部位，跟它们握手言别；最后，他左手右手互握，彼此告别。

“啪啪啪啪”，门被敲响——是的，他拒绝智能化，要进他家还得敲门，连门铃都没有，多古老的仪式。多久没有敲门声了呢？那么多年里，他没朋友，少有人上门，一有时间，他就闭门静坐，想入定——可不行，他是说书人，以贩卖妄念为生，这和入定是两个相反的方向。他只能自我安慰：妄念乱飞，就当作为说书提前编故事吧，在那些故事里，他自由来去，和古人对饮，和逝者畅谈，和未出生之人言笑……而他眼前浮现最多的画面，是自己身处一个乱世的荒寺，山河破败，寺墙倾颓，蛛网遍布，外头大雨，寺内小雨，他只能给自己点燃一堆木头来取暖，在此时，世道无论多乱，也得为一场夜雨暂停；厮杀再激烈的战场，也得在此时歇下，长舒一口气。他总是想回到这让整个世界暂缓的时刻，在屋顶漏雨、身前有火的时候，他不理会从何而来、向哪而去——那就是一个永恒的时刻。

来不及起身，门已经被撞开。几个身形壮硕的人冲了进来，他们当然蒙着脸，不仅仅蒙着脸，还把整个人都屏蔽起来了，像是被包裹在古代人的夜行衣里。说书人一愣，立即明白了，这些人来自黑市。个人身份数据的唯一性，让犯罪的成本越来越高，但并非没有，总是有更新更隐蔽的技术在支撑着一个地下王国——大数据让犯罪变得越来越难，但地下世界的势力并没有被新技术瓦解，地下世界总会诞生更新、更疯狂的技术。黑市里早有传言，一项民间新开发的技术已经在悄然使用，它可以屏蔽无所不在的数据监控，让犯罪变得轻而易举。

眼前这几个人把自己完全置于一套特殊衣服内——这让他们隔绝于数据网络之外。先进来的五个人分成两排，一边三个，另一侧两个，门外又走进来一个人，他比前面五个人都要矮小，可看他背着双手，像是这伙人的头。说书人呵呵一笑：“你们还是来了。”

矮个子停了一会："你知道我们是谁？"他的声音，像是机器的声音，无情感起伏，没轻重变化，很显然，经过了变频和加密。

"没见过，但我在黑市多年，总听说过。"

矮子沉默不语。

"难道不是？"说书人反问。

矮子和手下五个壮汉都不哼声。

"黑市行刑队？"

仍旧是沉默，但这沉默几乎等于默认。

说书人笑了笑："其实，你们没必要把自己装扮成这样，你们既然出动了，那就早已查清楚，我是为数不多的隔绝于数据网络的人，少了这么一个我，太阳照常升起，数据海洋中不会出现一个BUG（漏洞），也不会留下记录。"

"总得小心一点。你看，我们都这么小心了，你还不是一眼就看出我们来了？"

"哈哈，因为我不靠数据，而是相信直觉。"

"既然知道是我们，那你也知道我们为何事而来吧？"

"知道一点。"

"真知道？"矮子的肩膀有点抽动。

"说实话，我在黑市当说书人那么多年，给老板赚了不少钱，我这次把惊堂木一拍，不讲了，是一笔大损失。我想，你们定为此事而来。”

来人又尽皆沉默。

“为此事而来，不外乎两种可能，要么我答应重回黑市开讲，要么你们让我悄无声息地消失。”

来人又都沉默，只有矮子点点头。

说书人笑笑：“都说到这了，我想，我是可以提一个要求的。”

“提要求？你既然知道我们，那就应该了解没人敢在我们面前提要求的。”

“可我不一样。而且，我想，这不单单是我的要求，恐怕黑市的大老板在派你来之前也跟你交代了，如果我要求跟他聊几句，他是会同意的。”

矮子长叹一口气：“你这种人，知道的太多。大老板就不应该再叫你回去，你应该被直接灭口。”

“我跟大老板聊过之后，他肯定有最新指示给你们。如果你们不答应我跟他聊一聊，那我也有一千种方式，在你们抹除我之后暴露你们行刑队的讯息。”

矮子竟然被说服了，他掏出一个手指大小的通讯仪，一摁按钮，有光影投射出，是一个模糊的身影——并非信号不佳，而是对方有意让身影模糊。说书人对矮子说：“你们先出去，我想跟大老板说几句悄悄话。”

“你……”

说书人不再说话，矮子瞧了一眼通讯仪，那个模糊的身影点点头。矮子和五个壮汉就离开房子，掩上房门，走到院子之外。他们知道，无论多好奇，不该听到的就还是别听到的好。五分钟之后，房门开了，说书人挥挥手让他们进来。通讯仪上的人影发出了指令：“回来吧，别冒犯他。”

“先生……”矮子喊道，他不明白，眼前这个说书人怎么能在几句话内，说服了黑市的大老板？“先生”说：“听我的，回来吧。”这也是那么多年来，首次听到“先生”如此语气温和。矮子和五个壮汉走出说书人房门，走出他的院子。此时，暮色苍茫，起了夜雾，外头一片迷蒙，再走出去，好像不是走进一条街巷，而是走入深深历史或茫茫未来。说书人看着黑市行刑队的六个人，就像自己所讲的武侠故事中的夜行客，墨水一般化入逐渐黑深的夜色。

其实，黑市行刑队退出房门后，说书人跟黑市的大老板说的话很简单：“先生，可能对于整个世界来讲，您都是一个神秘的存在。可对我来讲，要知道您是谁，并不那么困难。”

“是吗？”

“眼下世界万物互联，全无死角，我们这个城市的黑市偏偏能绕开所有的数据而存在，成为一个地下世界，这里头肯定有超越想象的痛苦和努力。但正是因为黑市躲避数据躲避得太过彻底，反而泄露了秘密。”

“什么？”通讯仪上投射出来的人形还是模糊的，可他的语气已有些许紧张。

“数据世界被统一的规则所囊括，黑市却能完好地躲开这一切，很显然，在我们生活的这个城市里，您要么是参与制定规则的人，要么是参与执行规则的人。”

“……”

“可见，在光的世界里，您是多么有影响力的一个人。”

“你……”

“先生，您别紧张。我不是要威胁您。事实上，我特别感谢您，正是因为您的存在，才使得像我这样不愿被数据化的人，也能找到立锥之地。我甚至想，除了我们这个城市，别的城市，世界上的其他角落，有没有像黑市一样的地方呢？有没有完全脱离于数据之外的土地呢？”

人形投影沉默良久，长长叹了一口气。

“先生，您肯定也知道我病入膏肓了，我不愿治疗，只想像个完整的人那样死去。我抱着必死之心，您叫行刑队来，恐怕对我是不会有什么威慑力的——以死威胁一个想死的人，有啥用？”

“没错。”

“所以，先生，很遗憾，我是没办法再回黑市说书了，我累了。当然，我不会把您的秘密说出去——那么多年了，我在黑市开讲，从未透露过那里的半句口风，您应该是清楚的。放心，行刑队没来，我也会在今日死去。我找来一匹布，是想给自己缝制一套寿衣，让自己体面地去死。”

人形投影沉默好久，说：“其实，我该喊您一声先生。您的说书在黑市受欢迎，我也一期不落地听过，我喜欢听您说的远古故事，我何尝不想在您的故事里，重现旧日生活的记忆？说到底，想让先生继续开讲，倒不是借着先生赚钱，而是我自己焦虑，您退隐之后，我也就没故事听了，过去的世界就烟消云散了。跟先生多说一句，我也想跟您一样，当一个生活在数据之外的人，可不行，我已被所有的网络接入。我多想跟您一样，获得一点点专属于自己肉身的自由，太难了。不过，空间并非没有，黑市不就是这样的一个存在吗？我未必能完成，可总得有人去做这样的事，不仅仅是黑市，整个地球的‘地下世界’，都在做这件事。当然，我们也矛盾得很，要对付无孔不入的数据技术，就必须研发出更先进的数据技术，抢先一步应用。有点饮鸩止渴的意思。这个悖论什么时候能突破呢？天知道！好了，不说了……我让他们回来吧。”

……

缝好衣服，已经是四个小时之后了。说书人穿上寿衣，走入浓雾中愈发深沉的夜色。他朝着一个隐约的方向，走向当年修行的那座野山、那棵巨树。体内的剧痛越来越强烈，可此时，所有的痛都不能动摇他的信念。正是刚刚跟黑市的大老板谈话的时候，他才想清楚了那句一直缠绕在他心中数十年的话："好好做人。"原来，几十年前那个老人跟他说的这句话，不仅是谈人的精神，更是在谈肉身的尊严，是告诫他，在新技术逐渐占领人体的时候，保持一具完整的肉身是多么重要。当各种微缩仪器侵入、盘旋周身的时候，好好地当一个人、保持一具纯自然的肉身，最后，以自然的肉身好好地去死——这，才是"好好做人"的深意。

这个以贩卖妄念为生的人，穿着亲自缝制的衣服——鞋子来不及制作，罢了，身体内的痛等不及了——死亡，那永恒的平静，已然逼近。光着脚，踩在街面上，碎石带刺，凉意侵骨，他心中的妄念在逐渐消散。他越来越平静，步子没法停下，他觉得自己入定了——虽然在走着路，可他觉得自己入定了，那是一种从未有过的极致安宁。雾水浓郁，化不开；雾色深沉，挡了路。可雾气总有散开的一刻，在那瞬间，晨光万丈，天地灿若黄金国度，所有的灰暗和阴影，无所遁形。

# 虚构之敌

## 一

在我的印象中，这是G最憔悴的一次。他的头发乱如初学画者涂绘的素描，线条长短不一，间或露出秃斑，些许白发在黑发堆里趾高气扬。以往，他的发型都学电影中的赌神高进，梳得纹丝不乱且光滑刺眼，以蚊子站上去能把腿摔脱臼为最低标准。他的衣服也不齐整了，衬衫有了褶皱不说，关键是有一些说不清什么颜色的斑迹，散发着出身不明的怪味。如果眼尖，还能发觉他右边嘴角有一点奇怪的歪斜，和左边不再形成对称——是最近这样还是本来如此？更大的可能性是后者，在以往，他的嘴角也歪斜，但话语滔滔如浪倾泻，所有人都被他的声音所震荡，他没给嘴巴歇息让别人细看的时间，别人也就没法留意他的嘴角；可现在不一样了，他开始沉默、木讷、失语、呆愣，这时，非对称的部分被迅速放大。是的，G 完全失去了往日成竹在胸的气度。对了，原谅我没有把 G 的名字说出来，而只用一个字母来代替，但常年混在网上的人，应该不难把他猜出来。我没直接说出他的名字，倒真不是怕别人搜索他，毕竟，他一直在掀起各种争执，有时甚至可以说是轩然大波，最近，针对他的人肉搜索已经掘地三尺，连他小学同桌的名字都被搜出来了；我写成 G，纯粹是为了自保，以免 G 和我对簿公堂——我可不想这些来自现实的力量，一点一点侵入我的生活。

我指指口鼻，G 反应过来，才把口罩拉上，没一会儿，他又扯下来，挂在下巴处。我下意识地整理整理自己的口罩，让它和我的脸部严丝合缝，阻止病毒的拐弯进击。是的，从去岁开始，口罩几乎变成长在脸上的一个器官。G 歪斜的嘴角开始颤动："你给我分析分析，谁最有可能？说实话，哥们，我现在可以信任的人不多了，能掏心掏肺说这些话的，估计也就是你了——至少，你跟我没什么利益纠葛，不像那些人，要置我于死地。"

"你高看我了，我没那么高尚，我真的是对你的事没兴趣。而且，说实话，挺恶心的。"

G 神情不变，可能，这样的话他早就习惯了；也可能，这些话根本没进入他耳朵里，表面平静恰恰是因为他内心如小舟漂浮于风暴将至的海面，动荡恍惚。这些年里，我虽然也在一些场合和 G 碰面，但仅仅是点头和打招呼，没有再多说什么，私下里就更没有专门约见过——他倒是招呼过我几回，我都以人在外地为借口拒绝了。通话时，我往往并不在外地，而是窝在一个无人打扰的小房间里，望着街边防尘遮阴的树木在日光和微风中摇晃，那种摇晃不太有规律，让人没法判断风从哪个方向过来，人在那时，啥都不想做，哪都不想去。是的，忆及这事，我很想立即起身，返回我的居所，返回玻璃窗前，那片绿荫摇摆涌动如浪。

“我知道你瞧不起我！文人嘛……行行行，您有傲骨，我就一浑水摸鱼的，您就可怜可怜我，帮我把把脉，看看这一次，谁在搞我？真的，能说上话的，没几个有这眼光；目光刁钻的，跟我又都有点摩擦。”G拉动口罩好几回，却总是没把他不对称的歪斜嘴角盖上，看着让人着急，让人不免怀疑他满嘴病毒正在朝外喷射。我的身子不自觉往后退缩，想避到射程之外。

说起来，我和G是有过一段惺惺相惜的时光的，虽然时间不长。大学毕业后，我们前后脚到了一家报社，经历了那家曾经辉煌的报社的落日余晖，很多叱咤风云的前辈，要么郁郁寡欢黯然离去，要么抓住机会转行高升，纸媒的瞬间落寞让不少人惆怅感伤。G和我在不到一年时间里，见到了很多动荡与不安，G的顶头上司S原本是那家报社的中流砥柱，在某种程度上可以说是行业楷模，他主笔撰写的那家报社每年的年终盘点，一直是国内一件不小的文化事件，时常成为互联网的热门话题，甚至常常成为很多地方中学试卷的作文题目。但就在我们入职的那一年，因为很多说不清道不明的缘由，S 竟入狱了。G 跑经济口，我编的是文化版，我们都感觉到大厦将倾，准备离开。我找了一家艺术馆，专门帮人策展，平时有点闲暇就写写自己的东西。G 准备出来单干，邀我入伙，临别前几天喝了一顿酒。

G 说："跟我一块创业吧。那艺术馆我熟，现在这种形势，艺术市场不行，你早晚得饿死。"

"那你觉得现下做什么行？"

"准备写辞职信时，我就想过这事了。纸媒式微，网络自媒体都要起来，这将是一个新的机会，谁带来流量，谁就有机会。纸媒不行，但人们总得消费信息，总得活在信息的包围里，如果没信息，还得专门造谣来传——信息的消费量一直是在上升的。我们这一年来培养的媒体嗅觉不会被浪费，引导点流量还不是手到擒来的事？你能写，你来了，我们的自媒体就有了主力……"

"算了，我想有点自己的时间，写点自己的东西。"说这话时，我有点出神，脑子里混杂着一些混乱的词句：

树倒了，枝叶扬起尘灰

等待一场雨

把世间活物，全淹成落汤鸡

G的顶头上司S我也熟悉。S不负责文化版，但他写诗，执笔一些社评，金句迭出，常常成为流行语，还有歌手挑出其中的句子作为歌名，写成风靡大街小巷的歌。关于他的事，传闻甚多，真假难辨，同事们也都感觉莫可名状——没有人知道真正发生了什么。S送过我他的诗集《与自己为敌》，我零零散散翻看过，那是极为隐秘的部分。我敢说，很多同事并未能真正地理解过S——他们都把他当成一个有通天之能的人，把太多理想和希望寄托在他身上，他不得不承受太多的重压；而重压下的另一个他，藏在那些晃晃悠悠的诗句里，悄无声息。他写过这样的句子：

与自己为敌

击垮它，收拾它，不留情面

把它送入光阴幽暗的牢笼

没人注意过S要击倒自己的决心。

我并没有跟G说清楚的是，我拒绝和他一起创业，倒不是因为别的，更多是因为清楚自己的边界，不愿让自己处于危险之境——这不过一种自保而已。在艺术市场极为冷淡之时，悄悄地做一些无人知道的事，对我更有诱惑力，我不愿像G一样浑身亢奋眼睛充血，投入一场又一场的厮杀。那是我和G走得最近的一夜，宵夜摊边东倒西歪的啤酒瓶，见证了G少见的真诚与热血。那夜之后，G成了某种意义上的“战神”，随时可拔剑厮杀，而他所说的“创业”，无非是摆上几台电脑，注册几个公众号，针对社会热点发表各种言论而已。G选择从娱乐话题入手，一来，明星的关注度高，自带流量；二来，娱乐新闻相对安全，可以通过这种方式试试水，拿捏安全的尺度。起初，G会把他们公众号的文章转给我看，那些文字里，没有多少真实信息，而是充满各种带节奏的偏激之语，这种做媒体的方式——虽然只是自媒体——和我所学、所认知的媒体，已经是两回事了，我不知道是媒体的定义变了还是世界变了。我从不转那些文章，后来他也就不再给我发链接；再后来，我们既存在又消失于对方的朋友圈，是从不互动的“僵尸友”。

G彻底做大，是从扒一个明星的论文开始的，那明星在和粉丝的交流中，一两句话中透露出其对论文查重的不熟悉，而他又恰恰是一个戏剧学院的硕士毕业生，向来卖“高知”人设，G料想其中必然有“雷”。G抽丝剥茧，下载明星的毕业论文，通过资料搜索和字词句比对，他大胆抛出假设，那明星的论文有抄袭、代写的嫌疑。G那篇接近七千字的文章，以各种截图比对插入其中，并不直接给结论，只是以求证的语气来表达，但其结论已昭然若揭。这篇文章在G的公众号“娱乐岛”发出来后，阅读量迅速到了十万加，成为热搜话题。明星的经纪公司也派人前来，表达了支付巨额费用来换取G删帖的意愿。后来，G抵制住了“诱惑”，他把经纪公司企图“私了”的一些证据也编成文章发出，彻底击垮了那明星。明星不得不道歉，宣布退出娱乐圈，他所在院校也启动学术调查程序，撤销了其学位。这一切不过发生在三四天内，G的“娱乐岛”一战成名，关注者迅速接近千万，各种广告闻风而来。这一战后，我看到G发了一条微信朋友圈，大意是：有一种大获全胜后的疲倦感。

看到他这条朋友圈后，我立即关闭了他观看我朋友圈的权限，我不清楚他会不会有一天把我的什么话截图作为“证据”，一通操作猛如虎，虽然我并非什么明星。借助明星论文事件打开局面后，很多事情就顺理成章了。有人为了搞垮竞争对手，会把某些明星的所谓“黑幕”发到他们公众号的邮箱，他们挑选精编之后，时不时推出。G摸索到合适的时间点，抛出话题，各种调侃的段子会在此时满天飞，天然形成滚雪球效应，带来巨大流量。有不少娱乐公司，为了避免自己旗下的艺人被G的“娱乐岛”盯上，会通过各种可靠的私下关系约见G，聘请他当公司的文化顾问，说得直接点，就是给他交保护费，让他别对自家公司的艺人下手——当然，我并未向G求证过此事，即使问，他肯定也不会正面回答，而是呵呵一笑，低一下头，抬起，像什么也没听到。

G在自己的工作室，设立了一个“偶像的黄昏”计划，专门负责收集明星的黑历史。当然，我不能把我怎么知道“偶像的黄昏”计划的事说出来，以免有太多人牵涉进来。有一回，他们在向一位明星发起攻击时，那明星竟然坚决否认，并准备把“娱乐岛”告上法庭；这惹怒了G，他连夜组织人挖掘，终于挖出那明星在某个场合穿日本和服的照片。G立即组织文章，说那明星媚日。这言论一出，好多网友也开始提供一些若有似无的证据，最后那明星被迫公开道歉，并退出了娱乐圈。大概两年多以后，有消息传出：那个昔日的年轻明星，在一个酒醉的午夜跳楼自尽——G在看到这个消息的时候，会不会在心里把这事跟自己联系起来？再之后，有消息称，那明星当年所谓穿和服的照片，其实是他在一个话剧里的试妆照，后来因为投资问题，话剧并未真正上演，而他却倒在那次无法辩解的试妆里。看到那个消息的时候，我心中涌上莫名的悲伤，我想起人学学新闻时，想起进入那家纸媒时，老师和前辈不断跟我们提起的新闻理想与社会责任，虽然我没参与G的工作，可我总觉得，这些偶像一次次被G摧毁，一次次走入渐暗的黄昏，走入黑夜，我何尝不是在以自己的冷眼，狠狠地推了一把？

## 二

创业三年之后，G的生意愈加兴隆，已经发展出多条产品线，这其中，娱乐新闻的生意甚至已经是最微小的，他以很多“重磅文章”不断介入社会生活各个领域，讨论了很多公共话题，他以文章把控社会情绪的能力越来越强。他们内部有一套这样的逻辑：一、某个人物A，在渐渐被聚焦，他们立即加入，写各类文章神话他——这是把蛋糕做大；二、给被神话的A找一个观点不一致的敌人，如果找不到，就制造，就虚构，把别的人在别的场合说过的别的话，以移花接木似是而非的方式，变成对A的攻击；三、引导舆论，假意维护A；四、停下，坐等真正维护A和攻击A的起哄者出现、对战，而G的公众号坐收流量红利。在这套逻辑里，G特别注重把握节奏，知道在什么时候说什么话，既达到煽风点火之效又不会把自己置于危险之中，“何时进何时出”这个决策权，一直把握在G的手中，他也并不讳言，自己是一个带节奏大师，他就是拿指挥棒和敲鼓点的那个人。

据我所知，很多广为人知的公共事件，背后都有着G的推动，可G总能全身而退。如前文所说，那些事件我不能说出来，否则我也会陷入无休无止的烦恼之中。我能说的是，很多时候，貌似几种观点的对立，貌似几批人的互斗，甚至那些互怼的公众号文章，都出自他的旗下。也就是说，他既偏激地朝东走，也猛烈地往西进，化作多个分身，带领着不明真相的起哄者斗得你死我活；有时，他甚至化身和事佬，给自己分身的“两派”和稀泥。他指挥一批人，表演着各种争执，直到把看热闹的人全都拉进擂台，自己则全身而退，等苍山如海残阳如血，坐收渔利。疫情后，各类真消息假消息好消息坏消息的背后，都有 G 的幽魂在游荡。

创业这八年来，他已经吃得够肥了，同时肥起来的，还有他的胃口。可最近，他嗅到了危险的气息，这气息刚顺着一股青烟飘出，尚未广为播散，鼻子不灵的人毫无知觉，可他感觉到了山雨欲来的凶猛。他在微信上给我发了好多回语音，我没理。他趁着我策划的一个画展开幕，在接近闭馆的时候进来，等着我。疫情后，展览越来越少，我的工作比往年要少得多，收入也锐减，可获得了不少个人时间，我有时不知道自己是更拘束了还是更自由了，是更不像一个人了还是更像一个人了。这场名为“重见花开”的展览，我尽量多放入一些希望，那些过于幽暗的作品，我都拒绝其参展。虽然戴着口罩，也两三年未见，可我还是认出了 G，他的眼睛并没有在展厅的作品上流连，而是不断望向我。我已经看出是他，可我并没有主动招呼。他终于忍不住，走了过来，寒暄几句后，等着闭馆，然后跟我来到展馆边上的一间咖啡屋。

他找我的理由很简单，他发现自己最近被“人肉”了。有人在网上写文章，抽丝剥茧地梳理很多公共事件背后 G 的参与，文章没有直接点他的名，对他旗下的很多公众号也做化名处理，但在回帖中，已经有人把公众号的原名、他的原名挖出，对此他心惊胆战——此前，这所有的招数，都是他用在别人身上的，现在，他被人以彼之道还施彼身，可他并不清楚对手是谁。敌人的虚无化，是他最惯用的手法，可虚无的敌人、被虚构出来的敌人，其出击的力量并不是虚无的——他深知这一点。他甚至不太敢跟自己的员工商量对策，谁能肯定其中某个人，不是网上那个无名无姓也无形的杀手？他草木皆兵，怕多说一句自己就被毁得快一些。

他就来找我了。

可我能说什么呢？他罗列了他怀疑的两个敌人，都是他曾经的员工。一个员工在家中老人过世回乡奔丧时，正好碰到局部疫情被隔离在老家观察，回来上班已经是两个多月后了，在那期间，他负责的项目被搁置，错失了最好的时机。G 让人力资源部解聘他，那员工离职时大骂 G 冷血，扬言要报复。另一员工则是一个艺术迷，特别喜欢各类当代艺术作品，一年多以前，一位中国“艺术家”多年来长期抄袭一个外国艺术家的新闻爆出，那员工特别喜欢被抄袭外国艺术家的作品，在网络上铺天盖地讨伐抄袭者的时候，抄袭者却找到 G，让 G 设法扭转舆论，帮其洗白。G 把这任务交给“艺术迷”员工，谁知那员工感觉受到了侮辱，他几乎要把一口痰吐到 G 的脸上：“恶心。”甩手而去。当然，除了这两个人，也有可能是竞争对手在暗中出招，毕竟，这三四年来，“流量红利”太过诱人，已经有大量资本涌入，“左右舆论”这门生意已经到亮出白刃你死我活的阶段了。

“我怎么知道是谁呢？你得罪的人那么多，你自己心里最清楚吧。”

G端起咖啡杯，抖动的手不断让小勺子和杯壁碰撞，发出轻微的叮叮声。

我有点乘胜追击：“你比所有人都清楚，这种事在网上要么悄无声息，要么就是滚雪球；一旦滚起来，可就由不得你了，不轰个雪花飞射不罢休。你带节奏时，适时选择退出即可，可现在是别人带节奏，这雪球奔你而来，退不退，也由不得你了。”

“你在咒我？”

“我只是庆幸当初没答应跟你组队，要不然，我现在可能被啃得连骨头都没剩下。”

——在以往，我不是这种“话风”。接连说出这种刻薄的话，只因为我想起了一件事。在某个我策划的展览上，观展的人很多，连续拍了不少照片，我也不记得都有谁。许久之后，一个大学老师在某个私下场合说了一些调侃的话，视频被发到网上，引起轩然大波，私下的调侃被无限放大，被无数网友质疑为有失师德，最后闹到其供职的学校出面调查，那个老师也黯然辞职。这些私下的游戏言语，本有一个语境，可被拍摄、截取之后，语境被抽离，只剩下孤零零的所谓“取笑”，道理就没法说清了。愤怒的网友开始了无孔不入的搜索，那个老师的很多照片都被扒了出来，其中就有一张他在我策划的一个展览上的照片，一群人当中也有我。当然，我很庆幸这是一张集体照，人很多，而我也从没被注意到，但这事还是让我头皮发麻——如果铺天盖地的咒骂朝我而来，我是否经受得住？我从没查过这事的背后有没有G在推波助澜，但他有没有出手已经不重要，我已经把这事算在他头上——他把一张有我的照片丢到失控的网友面前，让我遭受了无数质疑、审视和嘲笑。

我记得。

## 三

见过G没多久，我陷入了一场烦恼中。事情的起源很简单，我在一个展览开幕式的发言，被录制成视频，然后，无底线的攻击开始了。和当年那个老师被攻击的套路一模一样，我说话的一些铺垫、背景被抽离，一些话也被剪辑，被扣上某顶帽子，这波节奏很快引来很多杀红眼的网友，在他们眼中，我已然成为卖国贼，他们恨不得扒我的皮抽我的筋喝我的血，甚至有人扬言，要堵我的家门。当然，这些键盘侠也就是过过嘴炮的瘾，不会真的来堵我，可我一拿起手机，就会看到我几乎变成了这个国家的敌人，不能不感到恐惧。我要真有此异心也就罢了，关键是我是被虚构成这样的——我被虚构成站在人民的对立面，很多人就真的把我当作对立面了。我曾在朋友圈把我的发言稿全文刊出，却并没有平息此事，新一轮攻击潮涌而来，已经有不少昔日同学开始说些“想不到身边竟然也有汉奸”“防火防盗防汉奸”之类的话。

这事发生在G和我相见之后，我不能不把这事跟他联系起来。我给他打了个电话，他支支吾吾的，但一直在发誓：“哥们，你再瞧不起我，可我怎么会连你这个当年的同事也搞呢？”挂下电话一个小时后，G打了回来，直截了当地说：“这事，真不是我干的，就算我很坏，谁都攻击，那也得有好处才行，说实话，你咖位太小，我真瞧不上。我让人搜了一下，就一个结论：是一个艺术家在搞你。他的画我已经发你微信，你看一眼应该就知道是谁，他为什么要搞你——这，你肯定比我清楚。”

我点开了那幅画，那熟悉的风格让Q的名字立即跳到我眼前。他攻击我的理由我也秒懂了。在我策划《重见花开》那场展览的时候，Q曾几次联系我，表达参展的愿望，作品的照片发过来后，我立即回复，说很喜欢他的作品，但这几幅跟本次展览的主题不太相符，疫情刚过，人人内心脆弱，我还是希望能展一些让人看到光的作品，希望他能换几幅契合主题的。之后他不再吭声，我以为他是因为没有合适作品而作罢了，谁想到，他竟然来了这么一出。源头找到了，我准备联系Q试试，发出的微信被他拒收；拨打电话，没有接；换个电话再打，一自报家门，那边又断了。也就是说，就算我知道是他在网上兴风作浪，也不知道如何收拾这局面。

纠结了三天，我还是打通了G的电话，向他求教该怎么办。他说："这事已经有点闹开了，不好收拾。现在，有两条路可以同时试试：一个，我这边帮你组织点文章，扭转一下风口，我准备从你被断章取义、被剪辑的'纯技术'讨论入手，证明其发出视频的动机不纯；另一个，就是不知道你有没有胆子当'流氓'，不需要你真当流氓，但这是你的事，别人代劳不了。"

——我别无选择。

之后的大半个月内，凡是Q出现的公共场合，我都同时出现。我不说话，不打招呼，不试图跟他交流或妥协，我只是拿着一个手机，在Q发言时全程录拍。活动结束后就转身离去。我可以明显感觉到，在我离开之前，Q想跟我聊几句，可我不理会他。等我第四回出现在他的一个分享会上的时候，他在台上的发言开始失控，本来在讲绘画，讲着讲着竟开始谈如何选粽叶、包粽子。我的眼睛近视得厉害，通过手机的屏幕，录下了他说的每一句话。我还是不说任何话，不和任何人打招呼，只是默默地录影。那场分享会散场后，Q把我堵在了门口："你到底想干什么？"

"不干什么。你说的都是公开讲的话，我听不得？"

"你想干什么？"

"你讲得太好了，我录回去好好学习。"

“我向你认输行不行？”

“认输？”

“你想我怎么做？”

“你对我怎么做，我就对你怎么做。”

“……”Q的脸色顿时白了。

“既然谈开了，那好，有三个选择，你选一个：一、我们拼个你死我活鱼死网破；二、我们法庭上见；三、你在网上公开道歉，表示对我的攻击都是污蔑，且道歉信需要先得到我的认可。给你几天考虑，你下周要参加的活动，我这里也有行程表，你考虑考虑，我们到时要不要再见面。”

在这件事上，我不能不感谢G。正是因为对此间的套路太过熟悉，他出的点子才能都打在七寸上。几天后，Q在网上发布了一个道歉声明，说到了他对我发言的剪辑和误导，他公开道歉，期望得到原谅。而此时，G精心炮制的“科普文章”也已经流传两天，很多一直攻击我的人，发觉他们攻击的是一个虚构出来的恶徒。力道落空后，没人感到愧疚，而是全部变得无比愤怒，扭头开始了对Q的攻击。那些污言秽语都涌向了Q，但我随手翻阅间，也感到心惊胆寒。其间，Q给我打过两次电话，求我罢手。第一回，我苦笑着说：“老兄，这些人哪里是我指挥的，都是原来支持你的那些人。

他们都是你鼓动起来的，现在你抛下旗子，说目标错误，他们把怒火撒向你，我哪控制得了？”第二回，电话一通，我说：“真不是我。”那边沉默良久，算是接受了这回答，一声长叹，挂掉了。

再次见到Q的时候，他整个人犹如漏气的皮球，全蔫了，腰背弯曲，脸色黯淡，没有了艺术家的神采。网络攻击让他大病一场，被抽走了所有的精魂。从某种程度上来讲，他是咎由自取，可毕竟跟我有关，我有些愧疚。而愧疚中也有后怕，如果不是G出手，按照此前的烧火程度，那个躺在病房上输液、被抽掉精魂的，会不会是我？病房里那病与药结合的刺鼻味道，就犹如网络攻击，将你围裹，让你避无可避。Q基本上算是退出美术圈了，很多旧日好友看到他纷纷避开，害怕有什么话被他抓住把柄。我最担心的，是Q会不会承受不住这种无形重压，把神经绷紧，继而崩断。

## 四

经营互联网多年，网罗了一帮人肉搜索的高手，自己又有着无比敏锐的嗅觉，按理说，G应该轻易就能查出是谁在追杀他。他觉得诧异的是，对方并不急于出手，而是有着极大的耐心，好像抛出一个引子后，便忙自己的去了。这种手法，G之前使用娴熟：铺好引线，等着别人来引爆，自己则站在引爆区之外。也正是因为对这种手法过于熟悉，G才惊慌不已，怀疑是从自己内部出走之人所为，否则不会如此了解他的死穴。G让员工们准备了很多心灵鸡汤的文章，暂停发布那些攻击性太强的文章，这引来了一些固定粉丝的嘲笑，认为公众号偏离了其定位和风格，丧失了“革命意志”——G只能把这嘲笑硬生生吃下，在自己的安全面前，被嘲笑几句，算不了什么。

暂停了战斗模式，G反而多出了很多时间。在他帮我解决了Q的发难之后，虽然我对他的做法依然不敢恭维，但我也没法板着面孔和他针锋相对。实在拗不过的时候，我也会出去跟他见见面。我也想过G找我的理由到底是什么。真是让我出谋划策吗？恐怕未必！他可能只是想找一个听他说话的人，安全，无害，听了之后当没听到——这样的人并不好找，而在他眼中，我便是这样人畜无害的“垃圾话回收站”。

他在自己公司的旁边，买下一套接近两百平方米的房子，里面宽阔无边，装修却极为素简，甚至可以说，根本就是空荡荡。除了一套喝茶的沙发与茶几，就只有在一个角落摆放的三个大书柜和一个书桌，书柜上是一些字帖，书桌上是笔墨纸砚，并没有摆放电脑。甚至，这房子连瓷砖也没有贴，只以灰色水泥做了简单的涂抹，算是某种“工业风”？“这是我一个人静一静的地方。”G倒了一杯茶说，“每次遇到什么事把人折磨得要死，我就在这里待一待。”

“你也有被折磨的时候？”

“你站着说话不腰疼，干我们这行，每天如履薄冰。什么时候入场，什么时候退场，都得拿捏好：入场早了坏事，入场晚了抢不着食；退场早了看别人赚，退场晚了容易被掐死。那个点得掐好，我最近这事，就是不知道哪件事退场太晚，被盯上了。”

“你这里，也不好好装一装？”

“装修？”

“嗯。”

“还真不是装不起，我是专门给自己留这么个地方的。装得太舒适，精神就彻底垮了。这房子离公司很近，我就是想让自己迅速从那些杂务里抽身，回到我自己。真把这里搞得像家一样，我也就只想躺平了。”

“至少，墙得刷刷白。”

“我们搞互联网的——我算是搞互联网的吧——都崇拜一个人，你知道的，乔布斯。他当年的房子里，空空荡荡，只有一盏灯。我这里也一样，连网线都没拉，我就是喝喝茶写写字。这是我最私密的地方。被泼一身毒了，我就来这里待一待，清洗清洗。来，先喝茶……跟你说，这里也就你和我老婆来过。她来瞄过一眼，觉得这满墙的水泥疙瘩看着难受，就再不来了。来，喝茶……”

我喝了两口，听到自己喝茶声音的回响——这房间太空了，不但毫无摆设，还把能打的墙全打了，人被一种空无包围。我理解他老婆为什么来了一次就不来了，这水泥的深灰和空荡荡里，有一阵阵的“阴气”，任何一点声音在这里都会被放大。也就是说，人在这里，就像置身于显微镜下，被观察，被放大，被记录每一点轻微的变化，除非像G一样本就想来这里“排毒”，否则真待不住。

“我在这里，只做两件事：喝茶，写字。”

“富人们的雅兴。”

他起身，走到书桌前，我跟过去。走近才发现，那书桌大得夸张，有四张常用的办公桌那么大，上面摆满各种宣纸、毛笔、砚台。他随手抽出一张，上面写满了字，笔锋尖利，转折直截嚣张，竟然是以瘦金体写成的一幅《心经》。他说：“我前儿大花了俩小时写的，得慢慢写，才能把人写静下来，不想那些乱七八糟的事。”他又抽出一张，不再是瘦金体，而是行草，我一时没看出写的是什么，G说：“这是以前我们报社那谁……的诗，我有时会抄抄他的诗。”他在一沓宣纸下一抽，掏出一本书，正是S的《与自己为敌》。这本书封面皱卷，估计是被G时常翻看，我这才端看起这幅行草：

潜入水中，把水和日光全背上

潜入人海，背起所有人

潜入悲伤，当作背起的全是欢乐

潜入死亡的暗夜，背起再生和自由

这是S那本诗集中一首《潜入》的节选，这首诗我有印象，G截取了一段，没有了整首诗读下来的滚滚如浪之感，反而散发着某种难以言喻的悲戚。G忽然说：“我前两天抄这几行，还想到了他，算了算日子，他这几个月也该出来了吧。”

“……”

“有时我会想，要是他没那么理想主义，也不至于把自己送进去。有时我会想，要是再见到他，他知道我变成现在这样，以带歪节奏的方式捞钱，不知道他会怎么看我。”

“……”

“你没做过这一行，不知道的。这事情，一旦知道了怎么运作了以后，赚钱容易也就罢了，还有一种掌控的快感……不知道你明不明白……就是，很多人的情绪、观念被你左右，随着你设定的方向转移，你甚至能指挥他们为了一个完全与他们无关的虚无观念斗得死去活来……这事情跟吸毒一样，会上瘾的。我明明知道是毒、有瘾，也投进去。葬送我自己，那是必然的。我给自己留这么一个空间，就是希望我还能从这种欲望、这种瘾中抽离出来。可哪有那么容易？现在，有人给我虚构了一个敌人，那个敌人已经从虚构变成实体，朝我奔来了。”

我陷入没法回话的尴尬，只好默念一下那幅字上的句子：“潜入人海，背起所有人……”

G拧开一瓶纯净水，往砚台里倒了一些，拿起一根墨开始磨。他的脸色在紧张与放松之间交替，我不知道他想到了什么句子，不知道他将拿起桌上的哪一支笔，不知道他将用什么样的字体，写下什么样的话；更不知道，这句话能不能有那么几秒压服他冒涌的瘾与心魔。为了让自己的心暂时逃离这个奇怪的地方，我强迫自己想起写下《与自己为敌》的S，想起年纪比我们大的他英俊如少年的面容。他要出来了，他的头上有白发了吗？我该不该去见他一见呢？

## 五

在G看来，疫情之前和之后，是两个世界。在这两个时间段经营那些公众号，他的心态是完全不一样的，2020年是一个界碑。在那之前，智能手机已经侵入人们的生活，几乎成了人的一个器官，可那毕竟只是肢解了人们的闲暇时光；疫情则不一样，首先，闲暇时光和忙碌时光已经没法分辨，其次，有大量工作转移到了线上，移动互联网绑架了人们睡觉以外的所有时间。更重要的是，疫情让人心变得不安，一旦有机会，能捞一点是一点，到手的钱是人们唯一的安全感——网络诈骗也是在此时变得前所未有的猖獗。G就是在此时让自己的业务范围再次扩大的。疫情后，中国在疫情防控方面做到了全世界最好，民众的自豪感空前，G在这里头嗅到了巨大的商机。他注册了多个公众号，定位多种观点，无论你赞同哪种说法，都会被他收割。在这种膨胀的幻觉下，G把战局引向了一个著名的网络节目主持人。

那个主持人主持一档文化访谈节目，有很多的文青粉丝，她也以反差萌的形象，参加过几次网络脱口秀，犀利如针的言语风格，为她圈粉无数。疫情期间，她采访了各个社会人群的心理变化，那档节目更是触动人心。而且，她从不愿直播带货。但即便她如此洁身自好，也还是被G盯上了，在G的目光里，你被盯住的唯一理由并不是你说了什么做了什么，而是你红，尤其是那种有点争议的红，这样的人，一旦把其言语稍加剪辑，便可带来无数流量。G立即组织人，翻看那档节目的二十个采访视频，从中剪辑出接近五分钟的“精华版”，都是主持人的发问：“你觉得疫情对你最大的改变是什么？”“你还能坚持下去吗？”“家人在疫情中的离去，对你来说，意味着什么？”……这些对谈中的提问，被抽离了谈话现场，被密集地放在一起，再配上一些误导文字和刺眼的题目“看看她，怎么给我们的敌人递枪支弹药”，这所有的元素产生了叠加效应，在视频发出之后，立即引起轩然大波。攻击女主持人的人固然很多，反驳的也不少，但这种反驳，正是G最期待出现的，一旦争吵局面形成，一切就落入G的预期与设定。

之后，那主持人虽然出面澄清，斥责某些公众号别有用心的误导，也无法平息网上的滚滚浪潮；她主持的那档节目也宣布停更。

此事闹得最凶的时候，女主持人在朋友圈发了一条“这世界为何如此充满恶意，我宁愿以死证明我的清白”，然后吞食安眠药。恰好附近有友人赶去，紧急叫了救护车，才让她捡回一条命。这件事发生以后，有人出面斥责这种无端的互联网暴力，也有人开始梳理《看看她，怎么给我们的敌人递枪支弹药》这个视频发布后的一系列攻击文章链条，眼看就要把G给挖出来了。此时，G发布了《卖惨改变不了她的汉奸本质》，继续攻击女主持人，又带了一波节奏；恰好在此时，有一个大新闻吸引了所有人的目光，G算是安全过关，有惊无险地完成了一波收割。

这曾是G最危急的时刻。G甚至说，一直到大半年之后，近期针对他的各种攻击，可能都跟此事有关。G给我发来了很多个标题——很明显，这些标题有着G的风格——都是别人对他发起的攻击，节奏稳定，每两天一篇，对他的挖掘，也在逐步推向深入。一切太过讲究节奏与章法，显然是有人在有条不紊地指挥一场战争，誓要把G彻底摧毁。这些标题如下：

你能想象吗？你以为的观念之争，不过是人家的流量游戏！

那么多互联网风波的背后，都有着他的身影

一条流量产业链的幕后，大起底

他自己什么都不信，可你们却信了他讲的一切

向左走向右走？NO，这些观点对立的公众号，其实都出自一个人

别再被人家收割韭菜了，你的起哄，把他养得这么肥

终究要有人来起底这些故意发起舆论对立的人

……

这些标题之下的每篇文章都有五六千字，从不同侧面，逐渐把G暴露在大众的眼皮底下。都不用看内文，我已经感受到文章蕴含的杀气。我的心情无比复杂，说老实话，此前看G多次以这种方式整垮别人，我很希望他倒下，而且以这种“以彼之道还施彼身”的方式倒下，是他的报应。可想想，让G倒下的人，如果也使用和G一样的手段，又有什么值得庆幸的呢？

有两回，我戴着口罩上街，不经意路过G的公司所在的大楼时，专门到那家写字楼去看了看。G公司所在的八楼，玻璃门紧锁，里面空无一人。门口围着很多搞直播的网红，他们拿着自拍杆，对着他们的粉丝直播：“各位朋友好，大家都知道，最近网上有很多文章起底了一家为赚流量而道德沦丧的公司，他们挑起大家的对立情绪，让大家互相争斗，我现在就来到这家公司的门口……本来，我是想给大家做一个暗访的，可大家也看到了，这家公司目前人去楼空。要我说，这样的公司，这样的公司老板，应该由相关部门出面

来调查，他们做了那么多坏事，难道不需要负法律责任的吗？……”

……

我一刷屏就看到G的各种照片；甚至有一些他们公司内部开策划会的视频，G正扬扬得意地嘲笑网友都是傻子，都应该被他们收割韭菜。这种公司内部高层召开的会议，本来不可能会拍摄视频留下，但就是有视频流出来了，可见，平时就已经有人在暗中收集G的资料，而此时，墙倒众人推，G被釜底抽薪。这些会议视频一流出，G的一些铁粉也都暴怒了，他们受到了冒犯——G竟然把他们视为应该被收割的傻子……竟然……实在不可饶恕。随着信息暴露得越来越多，那些本来在他掌控中的网友，已经从虚构之敌，凝结成实体，开始对他疯狂反噬。我再拨打G的电话时，就已经显示停机了。手机里空荡荡的声响，让G的身影成了一个谜，我曾想，会不会G停掉手机，再次躲进了他那间工业风房子，躲进茶水和笔墨纸砚，躲进灰黑色墙壁和略显空茫的回音？

## 六

投诉结果通知

投诉单号：**********

投诉的账号：******

投诉时间：2021年*月**日　**：**：**

你选择的投诉类型为违法犯罪，经平台核实，该账号涉嫌多种违规，已按照《即时通信工具公众信息服务发展管理暂行规定》进行阶梯处理，感谢你的反馈。

我点开几个由G的公司管理的公众号，都只能看到此类文字，也就是说，G的公众号已经被封。而他仍然未出现，他到底是找到了一个无人之处躲避风浪，还是已经有相关部门介入调查，他只能予以配合？我不清楚。

我就是在这事发酵到风起云涌的时候，见到G的妻子的。由于此前生活圈并无交集，我虽然见过她，但没有联系过。陌生的号码里是陌生的声音："我是G的妻子，可以见见吗？"我只能见。事情到了这个地步，好奇心已经被吊了起来，我不想见才怪。我没想到的是，G的妻子也约我到那间"工业风"房子里见面。

空荡荡的房子里只有我们两人，我只能不断喝茶，掩饰我的尴尬。她说："很唐突把您约过来，别的我不清楚，我知道最近我先生跟您见了几次。所以，我想找您问一下，您知不知道我先生的下落？"我差点把口中的茶喷出来："他去哪，没跟你说？"她摇摇头。她神采仍在，即使眼角有难以掩饰的憔悴，即使她的身材已经有点发胖，她浑身也仍然散发着某种魅力，让人不敢多看。我说："我给他打过几次电话，都显示停机。如果连你都找不到，我怎么……”其实，我想说的是，我和G前两周联系了几次，可我并不比她更熟悉他，更何况，我从内心一直鄙视G的所作所为……可是，这种话，怎么能对着这个丈夫已失踪的女人说出来?

“他有一个专门跟我联系的号码，以往，就算他出差在外，睡觉前把常用手机关了，这个号还是会给我开着，可现在，这个号码也没人接……”她的眼圈红了，“已经连续几天了，网上的消息杀气腾腾，我也不敢看，可又忍不住要点开，把自己折磨得……那些消息从没提到我，可我……我也想从那些消息里，知道他的下落……”她的眼泪再也忍不住。她并不擦拭：“我找了几天，熟悉的人都问了，没人知道。这里本来是他最常待的地方，可他也没在。我倒是看到他留下的一些字，你看看那是什么意思。”

她走到那个巨大的书桌面前，我跟过去。她翻开一沓纸，递给我，全是小楷，可以看出，刚落笔的几个字，笔画规整结构严谨，到最后则逐渐变成行书甚至行草。我一张一张翻看，这些其实是同样的内容，开篇时也都一笔一画工工整整，到了最后则结构、布局皆乱——G想借写字来平复自己的情绪，无奈这一波攻击太过猛烈，他倒在一次次试图平息内心波涛的努力中。我几乎看到了他忍不住把毛笔往桌上猛丢——桌下一根开叉的笔没有捡起，桌上不少地方落着一点点已经干枯的黑色墨汁，就是明证。我甚至看到了他衣服上也满是墨汁，可他顾不得，用手指抓挠着自己的头发。

至于他写的内容，我在内心断了好一会句，才看明白：

虚构出一个拳头，戴着拳套
虚构它很有力道
虚构一套铠甲和佩刀
虚构出一场战役和先锋官
虚构出一个不可战胜的敌人
虚构出敌人率领的千军
一切准备好了，迎敌吧
准备好橡皮，擦掉所有虚构吧
却发现，虚构没有了，全是真的
虚构之敌铁蹄过处，灰尘蒙蔽了庄稼
你倒在你虚构出来的古道旁

这些好像也是S《与自己为敌》中的诗句。可真的是吗？我又不确定了，或许，这是G自己写的句子？不断重复的“虚构”二字，不断从正楷垮向行草。我对着那堆字出神，G的妻子忽然问：“你有什么线索吗？”我摇摇头。她的语气顿时变强硬了：“我想问一句，最近对我先生的攻击，是不是你带的节奏？要不是你，怎么会有那么多别人从不清楚的消息爆出？要不是你……你怎么解释，他跟你见了几次后，反而被攻击得更凶猛了，现在连所有的号都给封了。要不是你……”她的质问毫无来由地破空而至，我被激怒了，可当我想回话时，却舌尖空茫，不知如何颤动、发声。

我有些犹豫起来，她说得也不是没有道理，我何尝不在内心想过：以G的方式打倒G。是的，G以如此下作的方式获利，当他曲折地绕过所有规则的缝隙，别人都对他无能为力的时候，以跟他一样的方式来反击他，是不是也算“做好事”？或许，我不仅仅这么想了，在某些喝醉的夜、魂不守舍的夜，我未必没上网发过几篇讨伐文章？完了，这念头一出来，就再也驱赶不走了，我有了某种愧疚感，好像G真的倒在我的笔剑墨刀之下。她继续说：“要不是你……要不是你……要不是你……”刚刚那个很有风情的人，此时已经浑身带刺，招招凌厉。

我没法回击。

我猛地一抖，今天她约我到这里来，会不会是G设好的一个套，目的是在这里留下一点可作为证据的照片，留下几张我跟G妻子同在这里的“合照”甚至视频，然后扭转战局？比如说，他会不会消失一段时间之后，跳出来打悲情牌，说受到无端攻击后，差点在医院里死去；同时把矛头指向我，说是一个旧日熟人对他心怀怨恨，发起了这波攻击——至于为什么心怀怨恨，在这“工业风”里和他妻子的某些角度模糊的合照，就是答案。他妻子质问我而我不知如何回答的视频，被隐藏在某个角落的摄像头拍下，经过剪辑后，也完全可以变成确证无疑的铁证……这么一套组合拳下来，有熟人背叛，有桃色“内幕”，矛头指向的是我而不是那些隐藏着攻击他的人，到时网友岂不被带懵节奏？那些攻击他的人有了我这个替死鬼，不也乐呵呵地看戏？剧本不仍旧照着G的路子走，来一个超级大反转？——我毛骨悚然，这没装修的“工业风”大厅，看起来就像一个空荡荡的陵墓。

我不理会G的妻子的责问，快步向门口走去。我脑子一片混乱，唯一清楚的，就是要赶快走出那扇门，走出眼前这个虚构的战场。

越快越好。

# 往东直走是灵山镇

“你是 × × 县人？”听到我点餐的口音，早餐店的这黑瘦黑瘦的小伙子便问我。这下轮到我听他的口音了。我在耳朵里把他的话重播一遍，眼睛同时扫射到他身上：灰黑色的短袖 T 恤，两只手臂上满是文身。在我印象中，除了 NBA 球员，极少有人的文身会这么满，这使得他的手臂看起来更黑了。

“我是瑞溪镇的。”我说。

“哦，我隔壁永发镇的。我们算老乡了。”这两个镇紧挨着，属于同一个县，出了县，一到省城，我们就可以被“老乡”这个词所统摄了。他说：“我叫阿龙。”我点点头，没有说出我的名字。

昨夜一场雨后，这个叫灵山的镇上，街巷泥泞，一不小心就会踩得鞋子湿黄。和所有的镇子一样，这里有着一大堆慢吞吞的人；不一样的则是，这是省城下属的一个镇子，隔江就是省城繁华的市中心。这条江让这个镇子永远慢上半拍，可是，这里差不多也要翻天覆地了，一个超大的地产公司几乎把整个镇子买下，一栋一栋的楼挨着小镇旧街巷冒涌而起，对旧街巷形成包围之势。街上自然也多了些外地人，他们都住在那些新房里，镇上的人心里难免会有些怪异，好像一双双偷窥之眼从那些新房的阳台探出，注视着他们低矮的平房——睡觉也不太安稳了，感觉被注视了，被监控了。

而我，像是自己监控着自己——因为我暂时就住在那些小区的新房里，而我又老是流连于这些旧街巷。说起来挺矫情的，我竟然是来这里写东西的。我最害怕别人问的一句话是："你是写什么的？"这真是个让人尴尬的问题，提问者期待我回答的，是题材还是体裁，或者，在他们眼中，这根本就是同一回事。更矫情的是，还得找个地方躲起来才能写，说出来连自己都笑死了。这要怎么解释呢，在他们眼中，有纸笔，坐下来，一个字一个字便会从笔尖掉落；现在用电脑了，键盘噼啪，眨眼便是千余字。写作的灵感、无人打扰的环境、充足的体力等玄学因素，提出来是不被理解、活该被嘲笑的。在朋友位于城郊的这间小房子里，我就是一个闲人，没人对我感兴趣。而我到底是躲着写作，还是把写作当作躲着的一个借口，恐怕也不能较真。朋友这个小区，往西是那条流经海南岛的最大的江，往东便是灵山镇。

阿龙掏出压得皱巴巴、看不出是什么牌子的烟盒，抽出一根烟递给我，烟嘴有点歪了，我摇摇头说："不会。"

"抽吧！"

"真不会。"

他就把香烟挂在右耳后面。"阿龙，来碗面！"新进来的客人，开始点餐。阿龙掏出他的手机，打开微信二维码："哥，难得见到老乡，你加我，有空我找你玩。"我到这里躲着，说到底就是求个陌生，求个没有熟人的清静，可鬼使神差，我还是加了他。我买单时，他死活要免单，我说："你是老板？"他摇摇头，看了看店铺里的一个油腻腻的中年人。我说："那就不为难你了。"他的脸上就有些羞涩，好像我正常付账，对他来讲是讹诈老乡。这间早餐店就在灵山镇上的农贸市场门口，人来人往，算得上热闹，趁着阿龙甩锅挥铲，我赶紧走出店铺。

身后传来阿龙的吵闹声："你……你……你走，走走走……"我回头一看，见阿龙站在一个桌子前，赶一个穿粉红色裙子的女孩子。女孩子说："我要吃腌粉。"阿龙盯着她："你！"她扭头朝那中年老板喊："老板，你们卖不卖早餐，这么赶客人的？"老板赔笑道："卖，卖，卖……"他盯着阿龙看，阿龙停了一会，泄气了："好，卖。卖。"阿龙开始抓粉、添料、浇卤……噼啪，满满当当一大碗凸起如富士山，丢在女孩面前："吃吧，肥死你。"她嘟囔一句："我肥了，压死你。"便低下头，用筷子挑着米粉玩。老板哈哈大笑："阿龙，你答应了她不是很好？你松口了，啥都解决了是不是？"阿龙操起菜刀，飞快地切肉片，不理老板，也不理那粉红色女孩。那女孩慢悠悠地，并不着急吃，她说："老板，你们家卖腌粉，是不配清汤的吗？"老板说："就来，就来。"他没有动，而是扭头盯着切肉片的阿龙，阿龙没抬头，可大概是感觉到了后背有光在烧，便扔下菜刀，揭开汤锅的盖，一阵浓雾般的热气涌上。他快速地舀了一勺，倒进一只公鸡碗里，左手在筐里捡起一点葱叶撒到汤面。他把汤摆到女孩面前，还凑过去，低声在她耳边说了句什么。女孩愣了好一会，脸红耳赤地站起来："……你……你敢！"不知道阿龙手指是怎么切换的，那个汤勺竟然在他手掌翻转了一圈。他吹起口哨来，笑嘻嘻地说："我敢不敢，你还不知道吗？有我不敢的事？"女孩气得鼓起腮帮子，脸看起来更圆了，好一会儿，她坐下来，开始吃腌粉。

阿龙朝我挥挥手："老乡，有空了，我找你玩啊。"

我抬腿，踏入泥泞的街面和人群。

我要在这里写什么呢？这问题不好回答。我知道自己要写的是小说，可那是一个什么故事，有几个人，我全都不清楚。也就是说，当我准备在朋友的这间房子里写东西的时候，我尚不知自己准备写什么、可以写什么，我就这么手无寸铁地上了战场。那天在朋友面前，我灌了不少酒，说起新冠病毒肆虐以来，这世界已经不一样了，我也不一样了，我憋了太久，不能不写了。朋友冷冷地说："这病毒冲击了全世界，不如意的人多了去了。是不是人人都当鸵鸟，躲起来？"我说那不一样。朋友说："文艺病的最大特点，就是觉得自己的忧郁，和别人的不一样。"朋友嘴巴尖刻，心却软，他把一把钥匙丢给我，把地址发到我微信上，说："给你用两周，这两周内，我不打扰你，时间到了，你把钥匙交回来。"我自由惯了，没固定工作，平时接点平面设计的活儿，饿不死；有时也给一些诗人朋友做图书封面，就算是有些额外的收入了。饶是每天睡到自然醒，我仍然觉得市内太拥堵太闹心，拿到钥匙后，我很快就到了这尚且空荡荡的小区。朋友在交房后立即动手装修房子，而大多数业主都还让房子空着，小区里人特别少，保安见到人都很稀奇。朋友的房子，自然有一种无人居住过的新、装修味尚未散尽的新、让人忧愁的新。连小区里的花木，也带着某种未经人眼注视过的野。而这正合我意——可，我要在这里写点什么呢？

在想到要写什么之前，我得先给朋友完成一场晚会的主持词——这是朋友对我使用他房子的交换条件。用他的原话来说，以他的速度，要完成这篇主持词，最多需要一个半小时，但他给我五天，这倒不是想折磨我，而是要让我知道天下没白吃的午餐也没白住的新房。最后，他不无忧虑地说：“当然，你要真写不出来也没事，千万别吊死在我房子里，我那还是新房啊。”看来，他是把我当成在疫情中染上抑郁症的许多人中的一个了，把这个写主持词的任务交给我，是他跟我保持联系的借口——他可以借着催稿的理由，探听我的精神状态。好吧，既然小说还尚未到来，就先写主持词吧，其开场不外乎如此：

各位领导，各位来宾，各位观众朋友……大家晚上好！很高兴大家来到第二届某某活动的晚会现场。2018年以来，我们采取定点约稿的方式，完成了首届活动的歌曲征集，得到了社会各界的广泛回应和热烈反响。首届活动的成功举办，也使得第二届活动的开展顺理成章。按照原计划，我们应该在今年年初，就举行这一次主题歌曲的展演，可正如大家都知道的，疫情的突然袭来，影响了我们的正常生活，也打乱了我们的活动计划。不过，疫情的肆虐，并不能消磨我们的创作激情，相反，由于不能出门，在某种程度上，我们的创作者有了更多的时间细致地打磨、完善自己的作品，呈现给我们一场音乐盛宴。

……

我好像看到，某个主持人在念出这段话时，舞台上灯光璀璨，无数的歌舞演员在候场，等着登台——一场备受瞩目的表演，正隐藏在我文字的背面。而我，为什么在一场应该庆贺的晚会开场之时，还要提疫情呢？是因为需要用这么一场欢歌笑语，来驱逐那随着病毒一起赶来，侵入我们骨血的压抑吗？……一想到这些，主持词也写不下去了；而我准备写的小说呢，仍旧踪影不见。

其实，若朋友的房子在别处，我倒未必会接下他的钥匙，当他说起“灵山”两字的时候，我想到的不是如来佛祖的灵山，而是记忆里的灵山——由于临近省城，在海南1988年建省之后，灵山镇曾建立起一个游乐场，它是那时所有海南少年人的梦幻之城，换句话说，它就是海南岛上的迪士尼乐园，在我依稀的记忆里，我曾在那里穿行于另一个世界。可不知从什么时候开始，灵山游乐园从人们的口中消失了，像是从未存在过，灵山……灵山……当年的那座梦幻般的游乐场，是凭空飞离了灵山镇，还是悄然隐遁于这个镇子的某个角落，成为时光无情的又一铁证？对了，那我写一个叫“游乐园”的故事好了，在这个故事里，主人公多年之后来到荒芜残破的废园，偶遇从废园繁华时光缝隙里逃逸而出的童年的自己，两人同游当年玩不起的每一个项目，也同游游乐园残败后的阴森荒凉。

可能是做平面设计形成的心理惯性使然，此前没怎么写过小说的我，准备像做设计一样，一步一步由略到详、由简到丰地完成这个故事。先画草图——现在，故事的草图有了；接下来，得去游乐园的现场看看——当年人山人海的游乐园，现在是一副什么模样？可在迈开腿之前，我又开始反驳自己，为什么要去看现场呢？游乐园在我脑海里自行生长自行兴衰，它的售票处和入口在我的脑海中，而不在灵山镇的某一处。那么，不管了，先开始吧，让人物进场，他已摩拳擦掌等待召唤，他在候场区急不可耐，就要破门而入了。

口罩自然戴着。遮住口鼻，露出眼睛——对大多数人来讲，这有美颜功能。每个人在面对那双眼睛，脑补嘴唇和下巴时，总会情不自禁地进行美化。这是疫情时代的标准相，能辨别我们的，仅有智能手机上曾出现过的“虹膜识别”技术，它们能从眼珠的千差万别里抽丝剥茧。本来，到了这荒凉之处，周围全无一人，国内的疫情也早就趋缓，是完全不需要戴口罩的，可没办法，习惯口罩之后，一旦摘下它，就犹如光着屁股上街。游乐园的大门塌了一角，残破不堪，也无人看管，显然荒废已久，票也不需要买了。他拉拉口罩，好像入口处排队者众多，需要他提前完善防护一样。他明明是一个人，但总感觉到前面有排队者，后面也有，轮到他了，他一个跨步，进入时光之园。

人物进场后，我就不着急了，让他在我的脑子里转悠转悠吧，让他流连流连，再决定出现在游乐园里的哪个角落。我也得去灵山镇逛逛，今日没下雨，日头晒得吓人，那些积水的坑坑洼洼全晒干了，我得寻一个凉快的地方呆坐。出小区门口，往东直走，烟火气渐浓——所谓烟火气，其实就是生活垃圾。眼下已入秋，但对海南岛来说，入秋仅仅是节气上的变化，那种喧闹盛大的热并未散去，反而显示出撤退前的超强破坏力。镇上的人只好聚集在一棵棵枝叶繁茂的榕树下纳凉，树下自然便是一家家茶馆；加了冰块的冷饮，帮助人们度过难熬的热。随意走进一家坐下，耳边喧闹，都是关于某国总统感染新冠肺炎的消息，有欢呼者，有忧虑者，和网上的争吵并无二致——而他们，往往并不清楚灵山的镇长姓什么、是男是女。这却是我最轻松的时刻，别人的叽叽喳喳，不但不会让我烦躁，反而让我的心神安静下来，甚至有了困意。

呆坐二十多分钟后，睡意昏沉。一个身影靠近，我闻到了油烟味，一看，两只手臂上的文身还是那么显眼——是阿龙。他又掏出皱巴巴的烟盒，又递给我一支烟：“哥，你抽。”

我欠欠身说：“说过我不会抽。”

“真不会？不是嫌我烟不好吧。”

“真不抽。”其实，我对他的打扰有点不高兴，我到这里，并不是要交朋友认亲戚的。我有点后悔刚刚没好好挑家茶馆，而选了离阿龙的早餐店没几步路的一家。

“我们店卖早餐和宵夜，中午没什么事。我现在是闲人，看到你在这喝茶，就过来坐坐。”

“你想喝什么，点就是。”

“哥，我请你。”他扭头，喊道，“老板娘，照旧，老盐柠檬水。”

“你知道还会碰到我？”

“肯定能再碰到你啊。”

“能看出来？”

“你穿着中裤、拖鞋，没那么衣裤齐整，肯定是要在镇上住一段的人。那种过路客，才不会这打扮，不说皮鞋西装吧，至少不是你这种闲人模样。”

“你眼睛倒很毒。”

“早餐店里，天天就看人，什么人没见过？这里啊，离机场近，有些出差勤的人，也在这里租房住着，整天行李箱不离手，跟你也不一样。”他的手指往上一斜，“哥，你看，飞机。”顺着他的手指，我在树枝的缝隙里，看到一架即将落地的飞机正以极大的轰鸣声和压迫的身影贴近地面，贴近附近的那个国际机场——飞机的声音那么大，可刚才我怎么没注意到呢？莫非这声音也被茶馆里的喧闹声消融了？

茶馆老板娘把老盐柠檬水端上来，阿龙深深饮了一口：“哥，我在灵山四五年了，见的人数不清了，但还真是很少见到我们老乡啊。尤其很少碰到在这里住着的……对了，你在灵山做什么呢？”

“做什么？我也不知道做什么。就闲着，没什么事。”

“闲着……真好。我就闲不得，你看，我身上的油味洗都洗不掉。对了，哥，好不容易碰到你这老乡，想问问你，这几年永发镇怎么样了？”

“你多久没回去了？”

“来灵山后，就没回过，有……四五年了。”他的脸黯淡下来，狠狠地喝了两口柠檬水，好像那是可以消愁的酒。

“永发镇……我也不常去，偶尔经过。你知道的，以前永发镇很热闹的，尤其当年那家罐头厂还在镇上的时候，开往中部的车都经过那里。现在，高速路从永发镇不远的地方修过去，所有的车都从高速路跑，便没什么人进永发镇了，镇子也越来越废旧了。”这当然不算是什么好消息，阿龙有些出神，不清楚在想着什么。我说：“灵山离永发又不远，也就五十公里不到吧，你怎么那么多年不回去？”

“我是……”将要说的话，他顿了一下，及时掐断了，“不回也好，不回也好。回去做什么呢？”

看他的话中藏话，我主动转移话题：“你在灵山这么久了，熟不熟悉这里？”

“熟啊，熟。”

“你知道那个游乐园不？”

“废掉的那个？”

我点点头。

“那地方，废了好多年了。我来这里时，就已经荒了多年了。据说早些年，曾很热闹过？”

“我上小学时，最大的梦想就是到那里玩。有一回学校组织来，我只能看着别人玩，一是每个项目我都不太敢尝试；另外是没钱买票。据说，这游乐园只开了两三年就停业了，荒废至今，也快三十年了。”

“怎么就废了呢？奇怪。”

“哪有永远热闹的街市？对了，那废园在哪？”

“你要去？”

“想去看两眼。”

“你最好别去。”阿龙压低声音道，“镇上好多老人都说，园子废了以后，也有些人去过，有挂在那里的，也有回来不久就疯了的，说是里头有鬼什么的。反正不是什么好地方。最诡异的是那个以前有碰碰车的地方——现在废了多少年了还有个屁车，可进去的人说在那还是可以听到车砰砰撞到一块的声音……”阿龙越说越兴奋，他不知道，他越是阻止，我越是涌起要去看一看的冲动。阿龙好像给自己下了很大决心："哥，我带你去。"我摇摇头："不用，要去，我一个人去。我喜欢自己闲逛。"

阿龙悬着的心放了下来，表情也放松了："真不需要我一块？"

"谢谢了。"

阿龙指着街道："从这边路，走到尽头，右拐，继续……到时你一路问过去呗。对了，哥，下次我再找你。我得跑了，你还记得那天那个小胖妹吗？一会儿她又得来找我，烦死了，不想见她。"

我忍住笑："她看上你了吧。"

"是啊，谁说不是，但我……唉，实在是受不了……"他摇头苦笑，压低了声音，"她家挺有钱的，拆迁嘛，补偿了不少。她家在镇上还有栋五层的楼在收租，而且就她一个女儿，我们老板一直叫我把她拿下，后半辈子吃喝都不愁了。我也想啊，可……"

"听你老板的，错不了。"

"你不懂的，哥。她盯上我了，我一在店里，她常常就来堵着，我都快疯了。我也不是呆子，我和她试过的，不行。好了，每天中午这个时候，她就要来堵我，我得躲起来，她的手跟铁钳一样，扭都扭不开……"他缩头缩脑地跑了，说过要请我喝水的话也早丢了，我得给他的老盐柠檬水买单。我走出茶馆，沿着阿龙刚刚指的路，准备在这午后前往那座废园看看。茶馆外，没有人声的喧闹后，耳边顿时空荡荡起来，于是，另一架即将降落的飞机的轰鸣声，就变得无比清晰，像直奔着我撞过来。

他确定，这个小孩是二十多年前的自己——他的多张旧照片，都让他确定他认得这张脸；他家里并未丢完的衣物，也证明小孩身上穿的衣服正是自己多年前穿过的。他在这个游乐园的某个时光缝隙中，和多年前的自己相遇。他回想当年班上组织的那次游乐园之旅，他是为什么脱离队伍，悄悄一个人走开，以至于被大广播点名，让他到出口处集合的呢？返校后，老师还在班上批评他，说他私自离队，毫无集体观念，游乐园里人那么多，搞不好还有人贩子，若走丢了，谁负得起这个责？这段沉潜的记忆，随着二十多年前的自己的出现，不断显形。大概，他当时因为买不起票，只能在场边看热闹，看来看去，就离开了班上的队伍了吧。

他该怎么称呼那个少年的自己呢？好吧，最简单，在名字前加一个“小”字，叫他“小志”吧。他对小志说：“你从哪拐过来的？”小志望着眼前这个面貌有些熟悉却又从未谋面的准中年人：“有人说，这里有神秘通道，不用买票，谁都可以钻，我就过来玩了。”刚进门时，这破败园子满眼废墟，残存的设备凸显着光阴的无情。旧世界全部崩塌，新世界遥遥无期。他想跟小志一块，绕过神秘通道，去看看二十多年前的游乐场。他说：“你带路可以不？带我去看碰碰车，摩天轮，云霄飞车……我买票，我们一块玩，好不好？”小志睁大眼睛不敢相信，可眼前这个肿起啤酒肚的男人，看起来并不像在骗人，小志对他有着莫名其妙的信任。小志撩开那断了半截的竹丛的枝叶：“跟着我，从这里过去。”

眼前只有黑，什么都看不到，曲曲折折，只有潮湿的霉味，这竟然就是时光的味道？随着耳边的惊呼、叫喊、叫卖、说笑……渐渐加强，他浑身一抖，没错，眼前有光亮起，他看到了二十多年前的繁华。这是海南建省之后修建的第一个大型游乐场。那还是二十世纪九十年代初期，敢于幻想的资本狂客们，在这里挥金如土，让这座游乐园平地而起。起初，这里不仅是少年们的梦想之地，也是大人们开眼界的地方。但是，新鲜感是容易失去的，不过两三年，这里便开始闭园——至于原因，众说纷纭。有人说老板投资失败，无力偿还，已不知去向；有人说老板陷入一场情杀，早已沉尸大海……据说当时有个看热闹不嫌事大的三流小说家以此为原型，写出了长篇小说《魂断游乐场》，那里头，黑吃黑，黑白混杂，情色与欲望交织，也曾引起热议，甚至打动过从海南岛起家的某房地产商，准备投资拍电影。这电影后来不了了之，而那小说家，据说后来在他供职的博物馆造假，自己临摹名帖名画替换部分馆藏，被抓后死于狱中。

“旧世界，我来了。”

拐出另一段，便是早已烟消云散的历史现场，云霄飞车哗啦啦，好像正朝他迎面撞来，他紧张地拉着小志的手：“到哪里买票？”小志指着围了无数人的小亭子：“那里。”和小志朝售票口迈步的时候，他猛地想到一个致命的问题：他口袋里的钱，要想在二十多年前流通，恐怕不太可能。但也没有退路了，他只能自我安慰：钻入这个破败园子的门口和多年前的自己相遇，再通过一条神秘道，抵达过去的时光，这一切都已经不正常了；这是荒诞而颓败的世界的缝隙，拿着未来的钱购买过去的入场票，估计也没啥大不了的。

庆幸没让阿龙同来，我因此可以在那座废园里，度过了安逸的一个多小时。游乐园门口成了坑坑洼洼的野地。水泥地已然残破，杂草从裂开的缝隙里钻出，各种植被的入侵，使得水泥地的防线濒临崩塌。园区门外，是一座巨大的仿古牌坊，园区的外墙，修成古城的模样。本来只是仿造建筑，由于荒废多年，没有人气的打扫和包浆，又被风雨侵蚀，这仿造建筑也有了点真正古建筑的沧桑感。城门口本来有铁门把守，可眼下，锈迹斑斑，金属的大门，哪里顶得住风雨和时光的冲刷，一个个大洞可以让人随意进出。伸手一捏，铁门上的锈纷纷掉落如沙。荒草也从门上穿过，这充满攻击性的绿，这无所不能的绿。我倒是很担心跨入园区后，很有可能在里头遭遇野生动物。我进去了，看到了末日的景象——我在网上看到过某种假想图片，展示的是人类灭绝若干年之后，我们所建造的城市会怎样一步一步被时光击垮，直至消失。而现在，这不过荒废二十多年的游乐园，便在我眼前展示了它的脆弱。不知道哪年，园区的墙壁上，有人写了些字，喷了些图案，字和图都模糊不清。旧世界真的崩塌了——我们所期待的新乐园呢？

在我的小说里，那个多年后的准中年人，会被那个少年的自己带到哪里去？接通过去和未来的“神秘通道”，仅仅是敲字者无能的胡编乱造。风到了这园区里，像是学会了乘法般成倍成倍地变大，如呼啸在原野。可此时，这里又是安静的，全无人造的杂音，从附近降落、起飞的飞机的轰鸣声，也像是被这巨大的荒废建筑给吸光了。当年水上开碰碰船的地方，倒也还没全干，大概因地势低洼，蓄积了一些雨水，水草长满水池，变成了湿地；当年云霄飞车的主体框架还在，可总让人觉得那些油漆剥落满是锈迹的金属架，会在某一个螺丝终于掉落后，彻底垮塌；那个当年据说是亚洲最大的摩天轮，自然已经七零八落——毕竟，二十多年里，多次超强台风也都曾光临这里……这是我一个人的游乐场，不需门票，也没有其他游客的侵扰，我一人独享这阔大的世界。我甚至想，如果我愿意，恐怕我在这里住个一年两年也不会有人发觉，更不会有人驱赶。当年忽然闭园，不仅仅是在事实意义上把园子关闭了，大概也留下了模糊不清的产权和纠缠难解的烂账，使得这废园，在寸土寸金的今日成为无人光顾的“法外之地”。

除了满眼的锈迹和残破，废园里还萦绕着一股说不清的气味——像是食物腐败后的霉味，又像是植物茂盛生长所分泌出来的浓烈气息，种种气味混合，让人发晕，好像里头有蒙汗药。我并没有真正绕着这空荡荡的废园走——小时候，它好大，每一个角落都有着让人惊奇的诱惑；现在，这里毫无人影，只我一人，它更大了，它已经不算是一个废园，而是独立于正常世界之外的一个“平行世界”，它无边无际，装满旧时光。日光西斜，金色、橙色、红色混合成的某种颜色，给天空布置了一个宽阔的背景。这仿古的城墙和现代的游乐项目，以一种奇特的方式结合在一起，让我不知自己置身何处，这里到底是一场古代战事后的如血残阳，还是一场未来劫难后的废墟世界？这就是所谓“赛博朋克”？而我，怎么竟然站在这样一个世界里？当下，疫情在全世界肆虐，看不到任何减缓的势头，不久之后，眼前这个赛博朋克的废园，会不会像气球一样不断涨大，逐渐吞没整个地球？

秋日之后，天气尚未变凉，可一到傍晚，天黑起来是很迅速的，黑色很快把这里的一切笼罩了，我得加速离开，返回镇上。这园子那么大，我不确定自己能否顺利走出去。当我从残破的城门走出，若有人从外头经过，他会不会认为，我是一个从过去世界返回的“死人”？

把晚会的主持词发给朋友后，他很快就看完了——他没有在微信上给我回文字，而是发了语音。他说：“很意外，你竟然很适合写这个，倒真给我省了很多事。”

“这，说明我完成‘房租’的任务了？”

他继续语音：“有些地方还是要改，毕竟你刚开始写这玩意，不懂一些死板的格式。整体是可用的，可里面有些提法，我也在犹豫要保留还是删除——就是提到了新冠疫情对这次活动带来的影响……是，影响是在的，而且这次活动确实有提振信心的意思，但是，晚会的氛围欢喜祥和，要不要提疫情呢？……”

“那，我得怎么改？”

“不用你改了，我再根据现场情况做调整。你好好待着，别真把自己整抑郁了。”他话里还是很担心，担心我会因为某种疫情后的“抑郁”，做出什么意想不到的事情来。其实，我心里是有很多事想问问他的，比如说，在我跟他灌了好多酒，他把新房钥匙丢给我之前，发生了什么事？我和他碰杯之时，说过些什么话？我没有活在偶像剧里，不会动不动就失忆，可我对那天为什么忽然坐在他面前不断灌酒，确实回想不起来。或许，那天我喝太多了，喝到把喝酒的理由都忘记了，喝到把说过的话也忘了。会不会我说了什么话，在他眼中塑造了这么一个“抑郁”的形象——可我，真的和这一次大流行后的很多人一样，陷入某种情绪不可自拔了吗？我有当警察的朋友，他们看到过很多确切的数字，说是在疫情最严重的时候，自杀的人数飙升。虽然我没有染上新冠病毒，但这场瘟疫可怕的传染性是不是也已经找到了我，对我给予了精准的攻击？我身上所散发的某种气息，也仍旧让我的朋友忐忑不安？

他给小志买了一盒猪脚饭，还多加了两块肉。没问题，这个过去的世界，尚没有微信和支付宝，他本以为他掏出来的纸币会被当作假币，搞不好还会挨顿拳打脚踢。可当他掏出来时才发现，完全不需要担心，这游乐园既然可以连通过去与未来，让两个时空的人彼此串门儿、玩乐，自然也就以它不合逻辑的逻辑，解决了其他一切问题——未来发行的纸币，在掏出来、拿在手里的时候，也变成了以前的旧币，面值不变，购买力显然大增。他把纸币塞回钱包，再掏、再看，仍是这样。这诡异的世界，管他呢。饿得快晕了的小志，在吃到这么一份热气腾腾的猪脚饭时，满嘴油光闪耀，根本顾不上说“谢谢”。沾染了卤汁的米饭，不是被小志扒到嘴里，而几乎是被倒进去的。他目瞪口呆，已经很多年没见过这种吃相了。他想到少年时自己随着班上同学来到这游乐园的时候，不但没钱买各种门票，而且同学们在各个小摊前随意购买零食时，他也只能吞咽口水。让他口水流得最多的，就是在碰碰车门口的猪脚饭摊子上的砂锅里翻滚着的猪脚，它是全世界所有美味的集合体。他就是在那时忍不住，才往那条林中小路跑的吧？眼前的这个小志，也是因为这样，而得以穿越时光的“神秘道”，和二十多年后的自己相遇的吧？

“陈志同学，请你听到广播后，赶快到游乐园出口处集合，你的老师、同学在那里等你。”

“陈志同学，请你听到广播后，赶快到游乐园出口处集合，你的老师、同学在那里等你。”

“陈志同学，请你听到广播后，赶快到游乐园出口处集合，你的老师、同学在那里等你。”

……

小志把饭盒一丢，对着他笑。他说：“你赶紧回去吧。今天你也跟着我玩了好久了，回去吧。”

小志说：“谢谢你。我走了。”

“我谢谢你才对。”

他看到，随着小志的奔跑，眼前的游乐园也在变，小志每跑一步，身后的世界就发生变化，变成当下的、大流行之后的颓败世界；也就是说，小志面前的世界，还有着游乐园荒芜前的热闹，小志身后的，则迅速崩塌。等到小志一个转身，在出口处消失，整个游乐园，就和他进来时一模一样了。破旧的仿古建筑上，是种种破败的装置，这奇特的搭配，这赛博朋克的世界。也没有什么神秘通道，他沿着进来的路，就可以返回灵山镇——那个装着他肉身的现实世界。

这算是一篇小说吗？不同时空的两个人，碰到了一起，把记忆里的每个玩乐项目一遍遍玩下来，这只能算是无聊的流水账吧，这样的无聊，变成插图，变成带着色彩的画，会怎么样呢？当然，在我自己看来，这个没有高潮的故事里，有那么点时光残忍的悲伤，也有自我圆梦的欢乐，这两万多三万字，是我送给自己的安慰，是我熬给自己的岁月鸡汤。写完之后，还没怎么修补，我顺手发给朋友了。

朋友在微信上回复一个瞪大眼睛的表情和几个字："你还真写了？"

"你以为我是来骗你的房子住的吗？"

他就没回话了，一个多小时后，他的信息又来了："忙了一阵，我刚把《游乐园》看完了。后天晚上，我找你喝酒，当面跟你聊。

反正，看到这故事，我挺激动，也很意外，觉得挺适合改编成舞台剧。你写主持词的那场晚会，今晚要彩排，我得在现场看着。”之后他就不哼声了，我心里继续空荡荡的，不知道他的话到底是肯定还是否定。他要后天才能来，可我今晚就得喝点什么了。

我走出小区，往东步行，前往灵山镇。我从没在夜里进入过灵山镇。和海南岛上几乎所有的小镇差不多，这里每个人都是夜行动物，各种摊子摆到了路边；而有些不同的或许是，这里跨过那条江就是省城的市区，往东则是国际机场，以及镇上行色匆匆的人。我在农贸市场边上，看看哪家宵夜摊热闹，就坐下了，等坐定才发现，竟然是阿龙所在的那家早餐店——阿龙说过的，他们也卖宵夜。我想起身离开，又有些不好意思，只好喊：“老板，点单。”

中年老板赶紧过来：“吃点什么？”

“四瓶啤酒，冰的。烧烤有什么？”

“常见的都有。”

“牛板筋，五串；一条秋刀鱼；青椒两个；锡纸豆芽一份；一个鸡翅膀。先来这些，不够再加。都放辣。”

老板拿笔在纸上记着，我每点一个，他跟着念一遍，完了，他大喊：“阿龙，你老乡的单子，把活儿弄好点。”这老板每天看人来人往，竟然还记得我是阿龙的老乡，是个天生做生意的料子，怪不得生意这么火爆。阿龙此时特别嗨。在长长的烧烤架前，他把本就是短袖的T恤袖子挽到肩膀上，汗水津津，文在手臂上的那群动物像在奔跑。他左手翻动着炭火上的烤串，右手的刷子不时给烤串刷油。刷子放下了，则拿起手边的几个瓶子陆续撒作料——孜然、芝麻和辣椒，让烤串成为烤串。他没有在旁边装一个音箱轰炸出音乐，可他的身子和手臂，好像都在按照着某种旋律舞蹈。眼前的他，和早餐时的他，判若两人：卖早餐时，他闷闷不乐；而卖宵夜，他激活了欢快的自己。阿龙扭头对老板说："老板，你都说是我老乡来了，你不得送两串？"老板从冰箱里取出啤酒，欢快地说："送。"继续有人围聚过来，甚至因为没有桌子椅子，只能站一旁等着，老板朝店铺里喊："快搬桌椅出来。"

今天并没下雨，但秋夜还是比夏夜凉快了一些，夜行客们围聚到这家"灵山美食店"来，闹腾腾的。老板很快把冰啤酒端上来，开了两瓶，把开瓶器扔桌上，递给我一个玻璃杯，又去忙了。除了老板和阿龙，还有另外两个少年在干活，碰到熟人，他们都会打声招呼，甚至端起酒杯跟客人们碰杯对饮。冰凉的啤酒缓缓入喉，我浑身的毛孔瞬间被打开了。没过一会儿，阿龙端着盘子，烧烤的焦香扑面而来，他悄悄说："哥，你随便吃，我多给了几串，老板其实……好说话呢……"老板看到他端盘子，赶忙上去烤炉前，把堆积的烤串翻面。阿龙却叫起来："老板，说多少遍了，别动我的地盘。”老板立即呆立不动，阿龙去推他肩膀：“让开，让开。”老板只好往旁边挪挪身，正好有人喊：“老板，买单。”他就赶紧过去把单子一算，说：“桌上有二维码，扫码结账。”

烧烤入嘴之后，啤酒就更像啤酒了。人稍少一会之后，老板走过来，坐在我对面的椅子上说：“你就一个人出没啊。”

“自由嘛。”

“也是！我陪你喝一杯？”

“喝。”

老板转身取个玻璃杯，倒啤酒：“来来来……喝一杯，什么烦恼都没了。我们灵山的烧烤……”他没说怎么样，只是竖起拇指。他接着说：“灵山的所有烧烤摊，我们家的……”他又没说怎么样，还是以大拇指代替——如果没猜错，此君肯定是朋友圈里的点赞达人。

我只好表扬：“味道不错，味道不错。”

老板嘴巴朝阿龙努努：“你老乡，阿龙，那小子，也是很神，搞吃的喝的有一手。脾气也大，你看，他说送东西，我就得送；他不给我靠近他的烧烤架，我就得闪开。霸道得很。”

“哈哈，你不才是老板吗？”

“得供着他，得供着。”

“对了，阿龙说他来灵山四五年了，也没回过老家？”

“可不是，他也是能忍，这几十公里，他就咬着牙，说不回就不回，倔死人。你是不知道啊，过年的时候，我们摊子也不开，也不能把他拉到我家里吃年夜饭，叫也不愿去，他就躲在店里给自己煮面吃。我只好杀两只鸡，拎到店里，随他心意，爱怎么吃怎么吃。”

“是个怪才。”

“脾气倔到死，话一出口，死都要往墙上撞。”老板压低声音，“听说，他以前在老家有过点什么事。他嘴巴紧得很，这几年硬是没开口说过，我还是听那个小胖妹说的。那小胖妹也是有本事，看上他了，把他的事问得一清二楚。小胖妹说，他在以前的镇上和一个妹子谈恋爱，谈了很多年，两边家里都催着结婚，都想结，却总是结不成。后来，女方那边爸爸哥哥上门闹事，还跟他干了一架——这架一打，他挥了拳头，婚就更没法结了。他爸妈也让他早日给人家女孩子家一个交代，或者干脆分了……这事还硬是拖拉着。后来又闹了几回，他爸妈劝他劝不住，就去找那女孩子说了几句。几天后，女孩子的父兄再次打上门来，让他交人，他也正焦急地找人，哪有人交。又过了若干天，有人在流穿镇中心的那条江的下游发现了女尸，正是那女孩子，两家人因此闹疯了。这事一直纠缠不清，派出所来查了好多回，也没个下文，最后以跳水自尽结的案。他倒不怕女孩子家的人来闹，而是跟自己的爸妈过不下去了，估计他一想起爸妈去找了女孩子没几天就出了这事，每见到爸妈，他不得不怀疑女孩子的死跟爸妈有关。最后，他就跑出来打工了。当时我这店刚开，见他手脚勤快，就让他留下，一待就是这么几年。我有时会想，要是哪天我关门了，他去哪啊？他是砖头嘴巴，硬，当时离家前跟爸妈说不回去，就一口气咬紧牙到现在。”

“狠人。”

“有时，我心疼他爸妈，还想着私下里去他镇上帮他问问他爸妈的情况，至少告诉他爸妈，这小子还活着。也就起过念头，过后就算了，这小子的倔脾气，真给他知道了，一发狠，搞不好就人间蒸发了……”

“他这些年就都待在灵山？”

“能去哪呢！”

“那小胖妹，看起来人挺好的啊。”

“可不是？家境又好，也是个勤快人，并不好吃懒做。人家看上他了，我跟他说了多回，真娶了这妹子，房子、车子、娘子都有了，常年这样帮我在店里打杂，能有什么出息？他也不听，不知道是瞧不上人家妹子哪点，整天摆谱。”

“不会是还想着以前跳水那妹子吧？”

老板一愣：“倒没想过这层……算了，算了，不说了，喝，喝。”

举杯跟他相碰，他喝我付钱的酒，倒是一点不客气。

“对了，你怎么也跑到灵山来了？这地方可没什么好玩的。我在这待了这么几十年，待烦了，老想出去走走。但哪走得开呢，你看我，天天开店，身上的油烟把我裹住，擦啊刮啊洗啊都没用，远远走过去，人家闻味道就知道我来了。”

“我来这，就想没人认识，待一待，睡睡懒觉。”

“要这么说，灵山倒真是个好地方了，嘿嘿。”他咧开嘴，满嘴黄牙。

我开始在脑子里搜索，在来到灵山镇之前，我到底做了什么？一无所获。莫非，我这一年，在禁足之中，除了吃吃睡睡，偶尔坐在电脑面前做点平面设计，就完全没做过任何事？空荡荡，疫情中所有该被记录的生活细节，在此时全然归零。是记忆被抹杀了吗？还是我真的染上了某种遗忘的病毒，它正在我的脑海里对记忆进行批量删除？……这些事一细想就脑瓜疼，我给自己灌啤酒的速度就更快了。

老板说：“你心乱？”

“也想心静，不好做。”

“灵山镇，有个灵山寺，据说很灵验的。你可以去那里看看，求根签。”

“灵山镇有灵山寺？这里有寺庙？”

“有啊。不然这里怎么会叫灵山？有佛祖处有灵山，有灵山处也有佛祖嘛！”

“灵山寺在哪？”

“你知道废掉的那个游乐园吧，离那里不远……”

灵山寺、游乐园……我试图把这两者联系起来，某种赛博朋克的画面更强烈了。我说：“老板，你就是灵山人？”

“灵山人。”

“游乐园修建以前，那地方怎么样的？”

“哦，你还真问对人了。游乐园那块地，原先就是我们村的一块林地。那是20世纪了，建省不久，到处都在买地卖地。那块林地是我们村干部卖的，按当时的价格，也不算低了，村里人也分了点油水。但钱并没有一步到位，而是签了合同，逐年给。村里有不少人到游乐园里工作，我也去了，有工资领啊，天天看着那么多人来玩，老板真是数钱数到手软。但后来，咣当一下就关门了……快三十年了，我还搞不清楚那老板遇到了什么事，反正一下就关了门。产权连政府都说不清，一直烂在那。”

话头一打开，他就止不住了：“以前游乐园那块林地，好风景啊，长满各种野花，树也多。夏天到了，那里凉快得很，好多年轻人往那里钻。你们啊，不懂，那时，我跟你讲，有辆自行车，把妹子往林子一带，啥事都成了……后来，说挖就挖了，建了游乐园，人来人往，没三年就倒了。说好每年给村里人发的钱也没下文了。

好多年里还有些吸毒仔，真憋疯了，就悄悄跑到废园里偷钢块铁块，能卖俩钱就俩钱……”他越说声音越低沉，喝酒的速度比我还快，倒让我有些心疼我的啤酒了，但又如何能拒绝呢？他说：“这世界啊，变得够快……你说，这几天，连那啥总统都得新冠了，还有啥不能发生啊？啥都不真实，还是喝酒啊……对了，你别心痛，今晚这酒，我请你。”他这话一出，我倒不好意思了，赶忙说：“不行，几瓶酒我还喝得起。你是做生意的，要是来客都叫你送酒送串，这摊子没法开了。”他伸出手，用力拍拍我肩膀：“你是个喝酒的好对手。”说着，他又去叫阿龙帮我加了几根串，他转到别的桌上，又和客人对饮起来。而我，却不免幻想他当年骑车带妹子往林子中去的时候，会不会在林子里，听到灵山寺的暮鼓晨钟传来，消弭尘世间的一切杂音。

灵山寺。

看来，明天我得路过游乐园，到灵山寺去看一看了。

手机有微信消息提醒。打开一看，是朋友发的一个两分钟的短视频——他拍摄的那场晚会的彩排现场。华灯炫彩之下，这个世界的伤疤好像已全都愈合，那些皮开肉绽和痛不欲生，都在这一刻消于无形。璀璨的灯光下，悲伤没有寄身之处。一男一女两个主持人，走上舞台的中央，他们手握麦克风，即将说出我写下的主持词：“各位领导，各位来宾，各位观众朋友……”他们刚刚开场，我就拇指一刷，退出视频。那个完好如初的世界此时和我遥隔千里。我还是在灵山镇的一个小小烧烤摊边，用一瓶瓶冰凉的啤酒、用一串串烤焦的肉、用倔强少年阿龙和青春远逝的油腻老板的旧事，来浇灌我的肠胃吧。仰头一看，又一架飞机，即将降落在附近的国际机场，它的轰鸣，会不会化为我今晚梦里灵山寺的晨钟、暮鼓与木鱼声？我在脑海里开始各种组合，想拼装出独属于我的赛博朋克，把我来到灵山前的所有记忆全部唤回。

# 下辑　我们都在群里沉默不语

# 去听他的演唱会

“去不去？”

“什么？”

“演唱会。”

“谁的？”

“躲山里了？张学友啊。”

隔着电话，隔着大半个海岛，信号没被风吹弱，没被太阳晒化，没被山林阻挡，小孟几乎看到了曾翔脸上的鄙夷，看到他竖着标志性的中指，看到他嘴角没变而眼角一跳一跳，像是里头潜着一只迷路的虫。小孟不知道怎么回答，最近，微信朋友圈热闹得很，连小区门口卖农家猪肉的油漉漉大叔、修电动车的非主流小弟和有着标准发型定制表情的公务员同学也都沸腾了，张学友演唱会开始售票的消息让很多跟“粉丝”两字不搭边的人纷纷现身，朋友圈阵阵神仙混战。就更不用说小孟那个小圈子里的人了，海南岛上，搞原创音乐的就那么几个人，一听说“歌神”降临，恨不得拎着香烛、纸钱、鞭炮和一只泛红油亮的烧猪去膜拜。小孟又没瞎、没聋，他在朋友圈的发言是越来越少，可偶尔还是会用拇指刷一刷，每看到一条相关的消息，耳边就响起“一路上有你”“你知不知道知不知道”什么的，赶都赶不走。这种感觉特别恐怖，尤其是在编曲的时候，张学友这病毒般的旋律毁了他所有的努力——本来想出一段极好的旋律，哼着哼着就跑偏，拐到“一路上有你”“你知不知道知不知道”上去了。这段时间，每到写曲之时，他只能关掉手机。照目前这形势，关机的时间会越来越长，因为他接了一个活儿。他的一位高中师兄，目前官运亨通，成了省城一个区的区长，前几天约他见面，准备叫他写三首歌曲：一首反映这个区的历史文化，一首献给青年志愿者，还有一首定位为广场舞神曲——让大妈们轰得蚊虫失魂落魄，轰得大爷们心神不宁。无论如何，张学友的声音，对他那三首还处于构思阶段的歌曲都是一种毒害。面对曾翔一同买票的邀约，他不好直接拒绝，只能甩锅给基站：“现在信号不好，听不清，挂了。”

小孟不知道自己还能不能叫“小孟”——喊“老孟”为期尚早，但那个“小”字也让他心戚戚焉。黑发辞别镜子，白发不约而至，而且荒漠化形势严峻，发际线迅速后移，若在清代，已经不需给前半球剃发了——这情况还能叫“小孟”？有一次，跟陈慕喝茶，陈慕望着他的头，以新闻主持的腔调念道：“我们一次次追逐，不过是追逐满头稀疏的落雪。”小孟后来回想多次，“满头”……“稀疏”……“落雪”……这些词全是恶毒的讽刺，却讽刺得诗情缓缓，比较高级。没办法，很多时候，他还得跟陈慕见面。陈慕嘴巴恶毒，人却很“好用”，早些年，每当小孟和曾翔出了新歌，陈慕都是最先而且唯一一个给他们写乐评的人。陈慕常说：“我给别人写文章几块钱一个字，给你们白白写了几万字，相当于送你们一间小户型首付了。”陈慕的“好用”不在写乐评，而在写歌词，小孟接了什么“任务”，一筹莫展的时候，找上陈慕，陈慕往往能写出最符合客户心理的歌词——他的尖刻里有着可怕的洞察力。别看他讽刺别人头发白能说出“我们一次次追逐，不过是追逐满头稀疏的落雪”这样愁肠百结的话，他若“正能量”起来，连标点符号也能符合主流价值观的。小孟能忍受陈慕，还有一个隐藏的原因，他没跟别人说过，那是属于他自己的彩蛋。大学刚毕业回省内的时候，他跟曾翔一块租房住在一个城中村的旧房子里，两个人把各自的音乐设备一凑，凑成了一个简易的录音棚，工作之余便是埋头写曲编曲，那时他内心慌乱，估计曾翔也一样——虽然曾翔把心事隐藏在两撇不知何时又冒出来的小胡子后面，像一个发福版的陆小凤。在那兵荒马乱的时间里，陈慕有时过来串门，看出了点什么，临走时，不经意冒出些话来："海南小地方，也有小的好，无论做什么，熬着熬着，就跑到前面去了。很多事情，排队也会排到我们。"这碗毒鸡汤，让小孟在很多次展开手掌盯着指尖的白发时，还能洗洗脸，挺着黑眼圈出去见人。

这话当然也在某种程度上，害了他。

想起来，小孟跟曾翔认识得很早了，那还是网络论坛时代。读大学时，有大把时光需要挥霍，两个从海南岛到不同省份读书的人，在网上遇到了，都有玩音乐的爱好，竟然远隔重洋，合作写歌。现在回听，那些歌当然是幼稚的——现在可能也成熟不到哪里去——但写歌打发了他们很多个不眠之夜，消耗了大量多余的荷尔蒙。配乐设备买不起，就在网上找各种破解软件，模拟各种乐器的声音，歪来扭去，竟也编出了一首首曲子。两人毕业回海南，在一个城中村租房住一块，接过不少商业歌曲的活儿，比如一些房地产的歌，整天在电台上播放，他在公交车上听到前奏响起，猛地站立，差点跟乘客们宣布："这……我写的！"他们租住的城中村全是村民的自建房子，街巷犹如迷宫，走着走着，就回到一片荒野——很多次，小孟在那村里发现一片巨大的菜地，菜地边上有茂密的竹子、啃草的牛，这些一次次篡改他的时间感和空间感。小孟和曾翔窝在房间里写歌，在一个桌上吃饭，就差睡到同一张床上了。陈慕过来后，眼神怪异地看着他俩，说："我要写篇小说，《两个男人的城中村》。"

小孟没想到，很快他和曾翔就都搬离那个城中村了。曾翔到省内一个门户网站上班，而他，先是到电台去，在一个工作室负责录音；后来跟人合股创办了一个专门推广农产品的文化公司，这文化公司解散之后，他成立了一个工作室，拍起了短视频，接一些宣传片的活，档期闲置的时候，他把人拉出去练兵，拍一些行将消失的人与物——所谓"记录民俗与文化"。而曾翔依靠家里的支持，凭借在媒体工作中练就的敏锐嗅觉，在海南房价飙升之前，买了好几套房，当起了寓公。曾翔目前最大的兴趣，就是查询东南亚的各种旅游路线，时不时在微信上晒出他在那些国家晃荡的身影。小孟也在匆忙之中结婚、买房，有一次开车路过那个城中村，看到它已在城市建设当中沦为一片废墟，心有所动。他停好车，专门去寻找当年的菜地和竹丛，但是，那被轰炸过似的土地掩盖了一切。回到车上，他想起当年陈慕那篇《两个男人的城中村》。小说里一些陈慕胡说八道的虚构，有时会入侵他的记忆，让他记不清哪些真实发生过，哪些又属于小说家不怀好意的冷笑。比如，在小说中，住在城中村的两个男人，曾有过四手联弹——小孟记得他们根本没有钢琴，哪来这么矫情的联弹？可小孟又有点迷糊：钢琴没有，便宜些的电子琴倒还是有的。小说的结尾，其中一个人于城中村的那个菜地走失，被茂密的竹子遮盖，另一个遍寻不见，这无疑是小说家的故弄玄虚——可小孟仍然有些迷糊，他当年确实走进去过那片菜地，那个被竹子隔开的真实世界，确实让他有从人间蒸发的错觉。

视频工作室成立后，他第一时间就想去拍那个城中村，可城中村已变成一片工地，村民四散了，唯有一间空荡荡的旧祠堂无人光顾，落满灰尘，遍布蜘蛛网和各类蚊虫，他没法下手。他只好带着队伍去拍了另外一个被规划，即将被拆迁的城中村。片子倒是拍完了，也在公众号上发了出来，引来了一些怀旧者的掌声，他却倍感尴尬。按照之前的政府规划，这个村是很快就要拆迁完的，可传言并没有最终落实。抓了几个负责拆迁的官员之后，补偿款一直没落实到位，那个断手断脚的村子还顽强地不肯断气。这就让小孟的片子失去了某种力量——他的所有表达，需要一个城中村的消失来收束。

小孟不是一个会应酬的人，那天师兄叫他去见面，安排在一个环境安逸的咖啡厅，他还是觉得不自在。又不得不去，视频工作室折腾了一年多，停掉之后，他干回老本行，跟一个朋友合开了一家音乐工作室，给人写商业歌曲，办儿童音乐培训班。培训班只能保证他们不饿死，还得接一些商业的活儿。小孟极力想跟上师兄的思维，发现并不同频，只好放任自己胡思乱想。师兄的精神倒也不难领会，他们要求写的那三首歌，曲子是没什么好琢磨的，不会有什么不得体的表达；歌词则要给他们看，上会通过后，就可以谱曲了。这师兄不知道是不是在练铁砂掌之类的功夫，每说两句话就拍拍小孟的肩膀，到他离开的时候，小孟觉得自己矮了三公分；一会又觉得不对，应该是高了三公分——肩膀肿了。与师兄会面时，他一直走神。他得在脑子里回想某些旋律，才能从师兄横飞的口沫里坚持下去。

县城的KTV里，空荡荡的。人都走光了，只剩他一个。一起来的，都是舍友。他们住的，不是学校的宿舍——这座县中学，竟然没建学生宿舍。很多家不在县城的学生，只好寄宿在校园周边的民房里。有些民房能塞下三四十号人，像一个大的养猪场。这一次，是一个爱买彩票的舍友中奖了，请舍友出来唱歌。唱到一半，那些人鼓动着，离开了KTV，找地方按摩去了。就剩下他一个，面对着所有人点下的二十多首歌，一首一首往下唱，像开一个人的演唱会。

他从未这么奢侈过。

一种人去楼空的奢侈。

这是独属于他自己的回忆。可在一次闲聊之后，陈慕就把这一段刻录了，塞进了那篇《两个男人的城中村》里。当然，后续的事他没说，陈慕也就虚构不出来：他隐隐约约记得自己唱了半个小时后，就被返场的舍友拉走了，强行把他塞进KTV隔壁的按摩院味道暧昧的小隔间里。在舍友们的起哄中，一个衣着暴露的女子在他身上抚摸起来。女子还问能不能把牛仔裤脱了，裤子太硬，没法按。隔着衣物，他整个身体在女子的手指尖摁掐下绷紧。他忍不住痒，说了一句让舍友喷饭多年的话："你能帮我按按鼻子吗？我有鼻炎……"这话一出，相邻床上，一位已经褪下裤子，陷入某种癫狂之境的舍友从迷醉中笑场，几乎要摔倒地上。

他们四手联弹，他们的手指在琴键上跳动的时候，不会撞到一起。他们的手总是在最适宜的缝隙里穿插，他们带起空气的震颤。有停顿，在迟疑，像忽然涌上岸来的潮水，像一声又一声的叹息——他们是在那时那刻暂时屏住呼吸了吗？昏暗房间里，并不存在的第三者，似在期待他们的手握在一起。就像并不存在的第三者，在期待着，他们一起走入城中村中间那片菜地，消失于一个迷雾重重的早晨或一个晚霞落满的傍晚。或者是，在一个漆黑的夜，如一滴雨掉入长河。

当年陈慕把这篇小说丢给他们两人看的时候，他们恨不得把陈慕捆起来，丢到城中村那片鱼塘。可静下来的时候，小说里写到的一些画面会时不时冲上来，搅乱小孟的脑子。陈慕文字里的带偏能力，让小孟后来在搬离那个城中村的时候，几乎是迫不及待的——好像急于证明他跟曾翔特别清白。

……

小孟得不断在脑海中重复这些画面，师兄的口沫横飞与扬扬自得才能被拒绝与屏蔽。师兄的每一句话，都应该在庄严会场的主席台上讲出，都应该是对着日报记者的采访才说出……这并没有什么不对，只是容易被带偏的小孟，需要在心里修建一个充满弹力的世界，才能保证自己在听师兄讲完后，仍是自己。小孟说："师兄，我回去做个方案，发你看看，你认可了，我们就开始？"师兄伸出肉乎乎的手掌，又给了小孟肩膀重重一击："你啊，什么都好，就是话少……这样对你拉业务很不利啊。"小孟苦笑："所以还得请师兄照顾啊，不然得饿肚子。"

师兄走后，他最迫切的一件事，是找个药店买瓶跌打油，抢救快被师兄拍残的肩膀。

歌词是陈慕写的。师兄那边召开了会议，讨论了歌词的初稿，提出了修改建议，要把很多政策性词汇塞进去。陈慕呵呵冷笑，花样吐槽小孟的师兄，有的庄严肃穆，有的荒诞滑稽。小孟说："能不能少说两句？毕竟是我师兄，就算不是师兄，也是客户，得根据人家需求来交货嘛……”陈慕嘴上带刺，该做的修改却毫不含糊。前后折腾了两周，师兄终于发来两个字：“通过。”小孟长舒一口气，所有压力都转到他头上来了，他得给这些词套上旋律——望着那些磕磕绊绊拔苗助长的词，他不得不承认，无论是阅读还是哼唱，修改后的歌词都不太顺畅，像给高速路铺设了减速带。陈慕嘴贱，得理不饶人，确实是因为他“得理”。陈慕不愿署本名，他取了个笔名“小力”。

如何给“小力”的词套上旋律？小孟哼唱、哼唱、哼唱……可无论如何，最后都以一句张学友结尾。小孟把额头撞到墙上。他怀疑自己的音乐工作室迟早也干不下去。早先的农产品包装设计公司没做多久就解散了，后来总结经验，他发现并不是做得不好，而是一些理念太超前——他想把农产品当文艺产品来卖，可海南岛上有这种品牌意识、品牌影响力的公司还不存在，包装很好，宣传也很精准，可产品就是卖不出去，急得那些老板拉来一箱箱产品，堵在他们工作室门口。直到关门三四年后，类似的包装和营销才越来越多，甚至形成了某种风气，而那时，小孟正拉着自己的视频工作室在拍片。小孟发现，自己把视频工作室也经营得不像在做生意，闲暇时候，他把队伍拉出去拍摄一些关于民间技艺的纪录片，花费在自娱自乐的纪录片上的时间比拍广告片的时间更多，视频工作室倒闭也就成了必然的事。之后一年多，很多微信公众号开始流行各种小纪录片，带动流量的同时也有不少的广告收入。无疑，这次他又是抢跑，被判出局。重新做回音乐后，陈慕刻薄地嘲笑他：“你以为你之前老失败，是因为理念太超前？不是，是你太文青，或者说太假文青，生意不当生意做，偏要玩情怀，该死。”——所以，他咬着牙，也得把师兄那三首歌里的个人想法摒除，顾客至上嘛。

可，怎么又胡乱想起了张学友？

“歌神”张学友的巡回演唱会，之所以每到一处必引起轰动，不仅因为他的歌唱得好，更因为他每开演唱会，几乎都有各种逃犯在现场被逮捕。这种“神迹”，在互联网引起了奇怪的效应，很多人点开相关的新闻，不是看他唱得好不好，而是关注又有什么逃犯被抓住了。小孟想过何以会出现这种“逃犯效应”：当年张学友的歌曲横扫大街小巷的时候，卷走了多少人的听觉记忆，这其中也包括后来成了各种逃犯的人。当张学友全国巡演，那些逃犯也忍不住要去一睹少年时的偶像。即使网上传出各种逃犯被抓的消息，也未能掐死他们的愿望。甚至，越是警察出没，越有人怀着赌博般的快感——本来不一定要去的，这一下更得去了。小孟因为接了师兄的活儿，害怕被张学友的旋律洗脑，有意排斥听觉干扰，可越是闪躲，关于演唱会的消息越是铺天盖地，张学友的声音越是阴魂不散。他一坐在工作室里，面对着那堆乐器，就仿佛看到张学友闭着眼睛，翘起兰花指，喉结抖动：

“你知不知道，你知不知道……”

当年住在城中村，经常有些圈内的朋友来看小孟和曾翔，有不少人还邀他们登台跑场。数学好的人还给他们算过，坚持一两年，可以赚下多少多少钱。小孟和曾翔也不是没动过心，两人花了很长一段时间，把省城的娱乐场所都跑了一遍，就是想看看哪里更适合。谁知道这一趟跑下来，两人越来越沉默，曾翔问：“接不接？”小孟说：“不是太想……”曾翔说：“虽然我们没身价，但还是觉得跑这些场有些掉价儿。”两人便没再想过这事。当年一块玩的哥们，后来大红大紫者也不算少，或者是参加了国内的某个选秀，或者是在网上踩中某个点成了超级网红。最神奇的，是有一个家伙，参加一个节目获奖之后，小孟发短信祝贺，那边回了俩字：“谁啊？”这人声名鹊起之后，开始卖弄叛逆人设，几乎每场表演都砸吉他甩头发，后来在网上发布一首涉嫌地域歧视的歌曲，被相关管理部门重罚不说，还被吊销了表演资格。他最低潮时，小孟在几个酒场上见过他，他总是眼睑乱闪。小孟低声告诉他身边的朋友：“看好他。”没过多久，那家伙酒后开车撞天桥，虽没伤到他人，但酒精度太高，还是把自己赔进去了。出来之后，他脑子就开始不太正常，圈内朋友都躲着，偶尔谈到，都心照不宣地跳过。他最崇拜的歌手就是张学友，之前在 KTV 里，把张的每首歌都唱得几可乱真。

小孟有时心想，他会去看张学友吗？

最让小孟觉得惊奇的，是H也随着张学友的演唱会出现了——小孟想起她都不敢直呼其姓其名，只敢用陈慕所命名的H来代替。其实，H和他已经有好些年处于失联状态，失联的原因小孟一直难以启齿。两人在高中时相处过一段，大学天各一方，各有际遇，分手是自然而然的事。有一年暑假，H和他约好从学校返回海南之后两人见一见，把事情好好谈谈。H先回的省城，定好了酒店，他半夜匆匆赶到，忙完所有杂事之后，两人躺在床上，他竟完全没有跟她更进一步的欲望。是的，两人赤身裸体，一左一右四眼相对，却谁都没有下一步动作，太怪异了。他准备跟H好好谈一谈这事，一直没开过口。也就是从那之后，两人再未联系过，不知多久后，手机号码也删了。

当H加他微信，他花了很长时间去想她的脸，徒劳，想不起……他只能想起两具相对无欲的身体，疑惑那晚漫长的尴尬到底是如何度过的。H在微信上发了个笑脸表情，说："我买了张学友演唱会的票，两张，要不要一块看？"小孟愣了好久，手指在一堆表情符号中东奔西跑，也没选中合适的。她又说："如果是别的人，我也不去听了，张学友，就想叫上你一起。"他想起了高中时候的事：她父亲因病过世，几乎把她击垮，很长一段时间她的精神状态很差，班里很多人轮流盯着她，他只是其中一个。可自从有一回她抱着小孟痛哭之后，一切都不一样了，两人经常用同一个随身听听磁带，张学友的歌声，就是那个时候，通过一只耳机在两人一边耳朵响起。每次拔下耳塞的时候，他都觉得那只耳朵是麻木的，他当时没在意，心想那就是青春。

这些回忆扑来的时候，他也就没法拒绝了，摁动键盘上的“H”键，出来的第一个字就是“好”——他发送了过去。

对方很快回一个字：“嗯。”

之后小孟就没法安心给师兄的那三首歌编曲了，无论怎样，张学友不断回响耳边——而且，只是当年听耳塞的左耳。他终于忍不住，跟H约了个地方见面，本来挺正常的事，他却心跳加速。地点换了两三回，就有了偷偷摸摸的紧张，最后还是把地点定在市郊的海边。车停下之后，他远远就看到了她，好像多年没变，却又那么陌生。不知道怎么就打了招呼，两人在沙滩上逛了十几分钟，他说：“上车吧。”她默默跟在身后。他驱车驰骋，几分钟后，速度降了下来，他指着一座雄伟的建筑：“张学友的演唱会，应该就是在这里开吧？”她说：“嗯。”他说：“叫我看演唱会，你不后悔？”她说：“可能会。但不叫肯定更加后悔。”他不说话了，呆呆望着那座运动场，好像可以看到一周后，熙攘的人群把那里塞满，灯光从运动场的顶上射出，把夜空割得破碎。

提前预演这画面的时候，小孟有些怅然。两人钻进车里，H握住他的手，两人在椅子上靠得很近，小孟闻到某种气息，车厢的封闭让气息瞬间膨胀。小孟准备向前，准备靠近，想象了某种进入……他眼前有些恍惚，是不是当年那一晚的按兵不动延续到了眼前这一刻？跳跃的时间感，撩拨着他的呼吸，他指尖的动作加快，像是编曲时弹奏电子琴的黑白键，他正要用力……他知道，这力气一旦使出，洪水便会决堤。水位即将淹过警戒线，她浑身触电一样猛然缩身；小孟也一震，像是酒醒了，停住了……被撩拨起来的欲望瞬间退潮，当年那晚的无动于衷的倦怠感再次出现。此时，让人兴奋的气息也变成某种不好闻的腥膻味。他赶紧坐到驾驶位，来不及整理衣衫，把车发动，车子渗入夜色。两人无话，直到下车，她才问了他一句："演唱会还看吗？"他望着她，好久之后才说出一句："微信上回你。"可几天过去了，他没回，她也没问。那几天里，小孟在家里看到妻子，内心愧疚，好像自己出轨已成事实。

陈慕满脸淤青出现在小孟面前时，小孟怎么也认不出来他。陈慕虽说不会把自己收拾得油光可鉴，但他有轻微的洁癖是毫无疑问的，他常常翻翻书就去洗一下手；聚餐时，上来三包纸巾，最后全被他扯出来擦拭，在面前堆成一座小纸山。而眼前的陈慕，显然已经无暇顾及脸上形象，也或许这已经是他打理后的最佳形象了：左嘴角和右眼角黑黑一团，额头正中央还有一个鼓起来的包。小孟还没开口，陈慕就说："知道你想问……这是被打的。"小孟更好奇了："被打？"陈慕说："有个写东西的，说我在一篇小说里影射他，找我理论，我解释也没用，最后就动手脚了。不过，他脸上黑得不比我少。"小孟笑出来："你们文人……干脆叫武人好了……"陈慕说："猪脑袋，我都说了写的根本不是他，他认死理……"小孟说："你真的没一点影射人家的意思？"陈慕憋了好一会，又把话咽回去了。小孟说："老实说，我也不信，毕竟，你是有先例的，当初你写《两个男人的城中村》，我和曾翔也想把你装麻袋，丢鱼塘里喂塘虱鱼。"陈慕眼睛圆了起来："你们也较真？"小孟说："主要是很诡异，我和曾翔两个大男人，本来没啥，被你写之后，见面都有些尴尬……用现在的话讲，本来挺直的，被你掰弯了。"陈慕笑了："我看不是掰弯了，是把你们拆散了。"淤青在陈慕的笑脸上绽放开来，小孟恨不得一拳头挥上去，给它增加点灰度。那篇小说的一些片段在小孟心中闪过，让他有些惆怅，他竟中毒般地念念不忘：

巷子曲折，即便住了三个月，返回这个村子的时候，他也还是会迷糊，常有没法穿越迷宫的烦恼。无计可施时，他只能拔打电话。话筒里传来熟悉而略带嘲讽的声音："又要带路？"接着，那声音会问他，左边或者右边是石头还是竹丛，再之后，就很简单了，电话里的声音是精准的语音导航，让他几步左拐几步朝右，最后，笑嘻嘻地说：“往三点钟方向看，对，看到那面墙没有，断了一半的那墙，走过墙，就是巷口……”看向那堵不知道修建于哪个年代，又不知道倒塌于何时的断墙，好像电话中发出声音的那张脸会笑着从断墙的缺口处浮现出来。

——他真的有几回在那些巷子中迷路，打电话问询过曾翔，并在饭桌上成为笑谈。也就是说，这些并非全是陈慕的虚构，但那张从断墙中浮现的脸是什么意思？恐怖片还是爱情故事？

时间不是均匀流淌的，而是呈块状的——假若不是这样，往事被回想时，便不会磕磕绊绊，一件事跟另外一件事之间相隔好久，得跳跃着才能接上。

他想起上次同学会见到H的情形，她躲在一群欢腾的人的背后。是的，无论是在什么样的学校，无论那个班级有几个人，总会产出一两个特别热衷于组织聚会的人，他们像渔网一般，有本事把散落各地的人捞出来。若是知道H会来，他还会不会有勇气来？但他还是来了，他想起两人躺在一块却没有任何进一步动作的那个画面，尴尬滚雪球般变大。他的屁股不断位移，在同学们的鬼哭狼嚎中，他接近了她。她当然看到了，身子象征性地晃了晃，并未移动。他从飞扬的啤酒味和交错的杂音之间穿过去，和她一起靠着——他返回了旧日子。

临近高考的那一段时间，校园里发生的任何事，都有可能引爆敏感的他们。比如说，初中部的一群学弟，冒着夏天的雷雨，在操场上踢足球，雨水的冲刷让他们激情燃烧得更旺，他们的喊叫在绵密的雨的缝隙里穿梭。可一道闪电劈下来，把南边的守门员劈成一块黑乎乎的炭，所有的声音也被劈没了。之后几天，守门员的家人在操场上烧香点烛，学生们又悲伤又感到后背发冷。比如说，他的初中同学J终于还是疯了。J被世纪之交横扫神州的邪教蛊惑，暗地里悄悄研习功法，自称某大神转世，夜里在宿舍的床头摆上自己的照片焚香跪拜，舍友夺门而逃。J被父母用一辆三轮车推回家了——他说所有的双数车轮，都来自恶魔之眼。比如说，高考前最后一次模拟考的时候，全校的高中生都上街了，他们举着横幅标语，抵制当时从国内其他各省蜂拥而至的“高考移民”，同学们的声音响彻县城的上空……由于高考逼近，这些事在他心中一次次被引爆，在H那里更是这样。击垮H的，是高考前一个月她父亲的病逝。那段时间，班上的同学轮流盯着她。轮到他盯的时候，正是同学拥上街的那天，他按捺不住，眼睛注视着人流，这或许是他这辈子离某种“传奇”最近的日子。口号从同学们口中决堤而出时，他却只能盯着她。她看出他蠢蠢欲动，说：“你去吧，我没事，我不会寻死。”他几乎是逆反般地说：“你怎么知道我想去？我才不去。”她说：“那，你就好好看我吧！”两人在三楼教室的窗边，看着校园里涌动的人潮——他忽然觉得，没去也很好，至少，除了他俩，没人从这样的角度见过这场景吧？再之后呢，已经是高考之后了吧？聚餐后集体唱歌，四大天王的歌是热门，尤其张学友，他的《吻别》被好多同学点，被唱了好几回了吧？他和她是什么时候吻上的呢？是在张学友的歌声的催发之下吗？嘴唇轻触，他想到那个被雷电击中的学弟——原来，通体触电是这样的？

……

他靠着她坐下来，这些块状的记忆此起彼伏。这是他在和她那次无欲的尬躺之后的再一次相见，他想了好久，不知道第一句话该说什么。他的挣扎许久，只说出：“我住××村，你知道那地方吗？”声音那么吵，也不知道她听清了没有。他再次想到那城中村里的迷宫小巷，那从博尔赫斯小说里拎出、铺设到这里的分岔小巷，尽头是一堵断墙，断墙边上竹林生风。谁的笑脸等在断墙的缺口处？

——这些段落差点让小孟拎起酒瓶去找陈慕：怎么能把一些喝酒时讲的胡话，添油加醋地写出来呢？而且，这并非草稿，是发表后的样刊，是白纸黑字的确证，有一种经过编辑、校对、排版和印刷的郑重。她当然不叫H，她有姓名，可自从被陈慕写下之后，她就不能不是H，她怎么可能不是H呢，即使小孟喊着她的名字，心中还是一愣一愣地想到“H”——这被陈慕的文字重新建构的H。现如今，也没几个人读文学杂志了，她大概率不会读到这故事，可一想到这些段落已在一本杂志上出现，永远变成一颗埋而未爆的雷，他就如坐针毡：万一她真的读到了呢？万一别人读到了，传给她听呢？更可怕的是，本来，陈慕写的这些有着大量的虚构成分，可小孟已经越来越没法分辨哪些是事实哪些是虚构，他变成了没法从虚构里挣脱的人。小孟不得不对着鼻青脸肿的陈慕叹气：“她约我看演唱会了。”

“她？”

“H。”

“哦？这事还有下文？续集啊……”

“我跟你说，不能再编这事了，否则……我让你没法敲键盘。”

“你们……你……你也是搞音乐的，艺术的虚构，你分不清了？”

“是你分不清。”

停了一会儿，小孟问：“对了，曾翔最近怎么样？好久没他消息了。”

“你没听说？”陈慕吐出的字、皱起的眉头，意味着某些事已把小孟远远抛弃。是的，曾翔已经有好一段时间没出现在朋友圈了，他那些满世界跑的照片也好久没更新了。曾翔经常出国，可去的都是东南亚，他说抵达那些灰秃秃的热带城镇时，感觉自己不是在异域，而是返回了海南岛的20世纪90年代——曾翔的出游，是时间旅行，是和以前的自己相遇。

陈慕说：“他最近麻烦很多，处理不好，就会引火烧身。”

“啊？”

“这两年市里很多地方不都在改造嘛，他老婆那边的一个舅舅，有一栋房子属于被拆范围。据说补偿款没谈好，一直处于僵持状态，他舅舅的茶馆老有人来砸场子，曾翔的老婆让他出面，他没法子，拍了照片，写了文章，利用自己的媒体人身份，把这个在网上曝了出来。事情闹得不小，在不少自媒体上更是如瘟疫一般传播，失控了。因为这事，他被单位停职了，据说他的照片和文字很过激——我也没看——反正带来很多麻烦……他的事怎么处理，还不好说……”

“啊，我怎么不知道？”

“你闭门写歌嘛。”

小孟忽地一跳：“曾翔舅舅房子在哪个区？”

陈慕苦笑，沉默好久，说："不是冤家不聚头，就是你师兄当领导那个区。"

小孟想到曾翔身陷泥潭，而自己还得给师兄写欣欣向荣斗志昂扬的歌，他浑身燥热，耳边响起当年曾翔在电话里为他指路的声音。陈慕看出了小孟的心事："你只是编曲而已，歌词可都是我写的。我乱取了个笔名，但总还是出自我手。我总觉得我是叛徒，背后给他插了一刀。接个活儿不容易，大家都得先活下来，我脸皮厚，无所谓。这活儿你接的，后面要不要继续做，由你决定。真要做，你最好也取个笔名……"

陈慕掏出一瓶跌打药水，倒一点在掌心，往自己脸上的淤青处涂抹，紫黑色的淤青上覆盖了一圈的深棕色。这药水味道刺鼻，可呛到一定程度，又变得很好闻了。陈慕也不像是在涂抹了，一掌一掌对着脸上的淤痕下狠手——那张脸若不是他自己的，他简直有谋杀的嫌疑。有几句什么话涌到小孟的嘴边，又退了回去，他不甘心，翻箱倒柜，想把这几句话再找出来，可它们越过围堵消失无踪，他唇边只留下空荡荡的颤动。小孟和陈慕点了满屏的歌，都没拿起话筒，任由歌手在那哼哼哼，"背景音乐"成了"主唱"，撬开的啤酒也没喝几口，没一会儿，冰凉消失，酸涩加重。

从什么时候开始，主旋律歌曲和流行歌曲之间，出现了重大的裂痕？——小孟不是音乐家协会的领导，不是某个大型音乐公司的高管，可他脑海中有时也会蹦出这样的疑惑，他甚至冒出过一些念头：这裂痕能弥合吗？比如说，给师兄那个区里写的三首歌，是不是能借鉴一点张学友式的流行曲风呢？在为那三首歌谱曲的时候，他忍不住再次刷起了朋友圈。H没有再主动联系他，曾翔也未出现，陈慕则是时不时晒着文学杂志的封面和目录——那是他的样刊，从他眼前闪过的人都会在他的眼睛里留下剪影，被他揉捏、变形，成为某篇小说里的人，在一个由文字组成的世界里重生。距离张学友的演唱会只有两天了，“歌神”在朋友圈的热度再次升温，他携带着那些金曲和旧时光，让以往一有公共事件就撕裂的朋友圈，出现了和谐共处的感人画面。

小孟手中的那张票是那天H下车时留下的，她当时落荒而逃，像后头跟着一只鬼，高跟鞋也没能减缓她奔跑的速度。在车里看到她跑得像醉酒客，小孟苦笑不已，何苦要出来把残存的好感全都打碎呢？

这张票摆在手心，他不能不在演唱会开场前出发。他没有跟H确认要不要去。保留悬念吧，直接凭票进场，到时相邻的位置是有人站着还是空荡荡，便成了薛定谔的猫。其实，他担心的是，无论她亲口说出“去”或者“不去”，都会熄灭他前往的勇气。前往演唱会现场的路，远远地就有交通管制，小孟打开了手机导航，计算着和目的地的距离，只要到步行范围内，他就停车走过去。他不会把车开进那黑压压的人山人海，天旋地转。

车停好，沿着海岸线向前，随着灯光变亮，人越来越拥挤。当然还是年轻人多一些，可若细看，人群中其实也散落着不少中年人的面孔，他们肌肤松懈面色暗沉，可这一切都被藏在夜色里。“……我们一次次追逐，不过追逐满头稀疏的落雪……”他几乎是哼唱出陈慕的这句嘲讽，他给这句话谱了曲、录了音，他的嘴角时不时会自动滑出。排队安检之时，他想到了网络上那些逃犯在张学友演唱会上落网的消息，今天会有逃犯被逮吗？他想，那些逃犯，挺可爱的，冒着那么大风险，也要来见偶像，也要在旧日金曲中返回当年的街头……那些逃犯，也是多情的人吗？他故作轻松，眼神却四窜着，想打捞H的身影。朋友圈里那些晒票的人，曾满屏满屏地冲刷他的眼，而此时呢，全是陌生面孔。前面的队伍猛地乱了，一群人围聚，传来阵阵争吵，不知道发生了什么。

不少人要硬挤上去，潮水荡漾。

凭票找到位置，右边还空着，那便是H的位置吧？她还会来吗？小孟觉得有些荒诞，到底是什么让她曾残存某些幻想？而到底又是什么让她幻想破灭，再次逃开？这其中一定有什么不怀好意的细节决定着这一切，可到底是什么呢？有什么事情就发生在眼皮底下，却又全被忽略了呢？耳边全是喧闹，眼前全是人影，不少人还领了荧光棒，开始挥舞，也有点亮手机屏幕挥舞的，甚至有人打开了手机的“手电筒”，一束束光，切割着运动场的上空。小孟一直注视着右边那个空空的位置，一看到有人要挤过来，他就凑过去说：“不好意思，这里有人坐的。”挤过来的人，眼神狠狠地闪开了。小孟一直没留意演唱会是怎么开始的，除了开场时安静了一会，可以听到张学友的开场白，后面就被杂音给淹没了。

前奏开始，张学友开唱了，那些歌太熟悉了，观众们没有不会的，全都跟随着喊。这就苦了小孟，他只想好好听歌的——倒也是听到了，只不过是鬼哭狼嚎的大合唱。张学友卖力地在台上演唱，音响也好得出奇，可没办法，大合唱就在耳边，张学友被消音了。听不到也就罢了，前面的人都在摇来摆去，灯光闪烁的舞台上，张学友的身影也被遮挡了。他干脆拿出手机，刷起了朋友圈，网络拥堵，好一会儿才进去。朋友圈里已经全是这个演唱会的现场直播，那些“朋友”躲藏在眼前这些陌生人里面，用照片、视频和文字，直播着眼前的一切。

有曾翔，他没有多说话，就拍了一张舞台上的灯光，也不配文字。——他又发微信了，他的麻烦解决没有？

有陈慕，他传了一张门口的拥堵照，文字是：“逃犯出现了？”

甚至也有区长师兄，他的照片明显要清晰得多，舞台上的张学友，也拍得比较大，他的文字是：“位置不错。”

甚至有那个酒驾后就精神不太正常的歌手，他发出来的照片分辨率不高，配仨字：“见偶像。”小孟在他的照片里找半天，也没找到他的偶像在哪。

……

他翻看好久也没看到H发朋友圈，他不甘心，点进H主页去看，发现原先的信息也没有了——他被屏蔽了。H忽然出现，给了他一张票，继而彻底消失了。他不得不在记忆中翻检：那天两人见面，到底是哪个细节让她要把他剔除殆尽？他倒不是对她还有什么想法，只是觉得，自己一定有某种失败在她面前完全暴露了，他得找出这“失败”。张学友又唱又跳，那不是卖力，是卖命——网上传言他股票大亏，所以才用那么多场全国巡演来“续命”，倒也不是没有道理啊。

全场忽然就沸腾起来了，本来的大合唱，变成了阵阵欢叫——原来，舞台上的大屏幕，正播放着现场观众台上的画面。摄影师把镜头对准了一对对情侣，当情侣们发现自己出现在大屏幕上，又错愕又惊喜，很快互动起来，他们拥抱、接吻甚至流泪。画面切换着一对对“情侣”，拥吻一次次在大屏幕上呈现，每一次拥吻，都激起现场的欢呼。此时，张学友正在唱着《她来听我的演唱会》，这首歌成了现场情侣们“发情”的催化剂。也有害羞的，互相盯着好一会，亲不下去，镜头就一直不移开，直到他们终于在全场观众的见证下，亲到了一起。最让人沸腾的，则是镜头对准一对男女的时候，他们还没反应，旁边两个男的已经紧紧地拥抱一起，手指在对方的头发间穿插、出没。小孟不得不望着自己空荡荡的右手边，望着 H 留下的空无——如果她在，镜头会不会扫到这里？如果镜头对准他们，他们会不会拥吻？

他忽然想到了那一直没给师兄完成编曲的三首歌。此时，曲调一点一点冒涌，抗衡着张学友的哼唱，也抗衡着现场的闹腾。他起身，说："抱歉，让一下，我出去一下啊……抱歉……"演唱会现场最热闹的时候，他退场了。背后是燃烧的人海，眼前则灯光渐暗，海风渐强，他走向自己的车。他等不及了，掏出手机，打开录音，哼唱起来，不是唱张学友，是陈慕改了无数遍以至于满是补丁的歌词。此时，这些歌词缠绕成曲，从他口中夺门而出。此前，他曾为这些歌词配过无数种曲子，可怎么唱都有一些词过于碍眼，像是粉嫩的脸上的一颗弹珠大的黑痣；而现在，他好像找到了安放它们的旋律。走到车前，也没开门，他倚着车，对着手机唱，声音虽低，也是在开演唱会。

歌词满是口号和大词，而他唱得缠绵悱恻。

停车处灯光暗淡，演唱会现场则像一颗巨大的光球，夜风把张学友的声音轻轻地送过来。此时，张学友的嗓音压住了所有的杂音，只为他一人演唱。倾听张学友，果然还得一个人。风从海上来，咸味在此变弱，他坐到车内，打开了内灯，从左车门内侧翻出了一个信封。从信封里掏出一本杂志，书页翻卷，是吸了水又晒了光后的不平整。这是陈慕丢给他的一本样刊，上面有陈慕把小孟、曾翔和 H 揉碎、注水、重塑而写下的那篇《两个男人的城中村》。他有时恨陈慕恨得牙痒，这杂志倒一直没丢。翻到熟悉的页面，在小说开场，陈慕写下：

物流车抵达村口，巷子太小，没法再开。就地卸下，行李竟堆积了那么多——毕业典礼后，东西能卖的卖、可丢的丢，剩下的竟还有这么多。他轻松地乘飞机回来，这些纸箱慢慢地颠簸而至，可他终究要把省下来的力气，在此时全都挤出去。这个市中心的村子建有祠堂，每有一点水泥覆盖不到的缝隙，就有竹子长出，气势嚣张。他开始犯晕。没办法，只能打电话叫一同租住的哥们儿来帮忙了。此时的他，知道自己将会很累，可他满怀信心，纸箱里有他买的一些音乐设备，都是他心爱之物，他将用它们奏响乐曲，走到灯光聚焦的舞台中央。

# 我们都在群里沉默不语

白色尚未挤破黑沉沉，金黄色的光线更列队在白色的后头。这时，万物清凉，吸进来的空气，带有木叶昨晚肆意散发的味道，他有点恍惚。今年，当呼吸变得没那么自由、当口鼻和空气阻隔着一只口罩，他已经多久没这样深深吸进一口气了？更别说，是在这种尚未变亮的晨色里。是的，往年，在这场大流行席卷全球之前，他有很多出差的机会，而所有赶赴机场的时间段里，他最喜欢的便是大清早：世界尚未醒来，下楼之后，行李箱的滚轮在小区的地面上，滑出和心跳共鸣的声音；他跟上夜班的门卫打个招呼，看着打车软件上显示的网约车的行车轨迹。这真是一个能让人穿越的时间点，他的身体本能地觉得这样的晨色无比熟悉，可若要说到底熟悉在哪，到底是哪一点和过去的岁月共鸣，又说不上来。这次是困了大半年后的再一次出行，他有了还魂之感——在某个瞬间，这个世界好像恢复正常了，好像回到了大流行席卷之前的井然有序之中。

但也只是一个瞬间而已，他立即感觉到羞愧。

昨晚，家庭的微信群里，父亲、母亲、叔叔、姑姑以及兄弟姐妹们都在语音聊天，谈的是祖父的病，说已经联系好省里的干部疗养院，准备送祖父去看看。他只是瞧着、听着，不知道怎么插嘴，到了最后，他只好拍了一张行李箱的照片传到群里，说："我明天一大早出差，不能第一时间赶去医院看爷爷，好在时间不长，也就两天。这次出去，早就定好的。"也不知哪位亲戚问了一嘴："又是去领奖吗？"他回："我也想。"他这两年工作上有起色，确实有几次出去领奖的机会，他也会把照片晒到家庭群里，他们是不是因此把出差和获奖画等号了？家人们对他出差表现出的若无其事，反让他更加忐忑，好像他并非出差，而是出逃——逃避祖父生病住院所要面临的琐碎、心慌和疲惫。更让他忐忑的是，一想到祖父即将住院，他潜意识里为之前就安排好这一次外出感到庆幸。家人的若无其事，使得他更觉得是自己策划了一次逃避。当他在靠窗的位置坐下，安全带扣紧，飞机升腾白云之上时，也是家里人从村里把祖父送到他所工作的省城的时候。日光照耀，辉煌盛大，他闭上眼睛。周边全是戴口罩的，人人都只有眼睛露出。看向任何一个人，脑补其被口罩遮挡的部分，都让他感觉自己是美颜相机，自动将照片进行了美化。

抵达陌生的城市，接待方是一家白酒企业，于是从办理入住开始，他就沉浸于一种醉酒的迷迷糊糊之中。他是以诗人的身份来参加这次活动的——其实，是诗人朋友们策划的一次见面的机会而已。那家酒企想在品牌塑造上发力，请一个诗人组织一些诗人前来，把他们的头像、诗句、签名印到包装盒上，作为宣传点。他是被邀请的人之一。主持人念到他名字的时候，大屏幕上出现了别人依着照片手绘的他，可……那是他吗？那些展示的句子，真的出自他笔下吗？

天空为何那么空？
装下了那么多
雷鸣、雨水和阳光
可它还是那么空

轮到他上台的时候，谈论的主题是李商隐的《夜雨寄北》。一群诗人，逐字逐句地说着李商隐那四句朦胧的话："君问归期未有期，巴山夜雨涨秋池。何当共剪西窗烛，却话巴山夜雨时。"他发愣，从何说起呢？屋外雨水不绝，让人恍惚觉得李商隐时期的雨下到了今日。他谈到了诗里的时间感，谈到李商隐用四句诗，在现在、过去和将来几个时空里来回穿梭——李商隐是比马尔克斯更早的马尔克斯，字词是李商隐的时空穿梭机。

本没到秋日，又在火炉般的城市，他却因不绝的雨、开得过冷的空调，感到寒凉成群结队侵入骨缝。接下来的事，不外乎喝喝酒闲聊天，细想则一片空白。不问归期是归期。他只记得夜班机把他送回原地——出行，他喜欢很早的早班机；回返，他却偏爱夜里，偏爱降落前那灯光绘成的城市轮廓，偏爱机场外不时闪亮又泯灭的路灯。

次日下午，他赶到医院，见到了守护祖父的父亲，见到了被守护的祖父。并不是什么大病、急病，是“老人病”而已。祖父八十多了，身体机能退化，脚疼得站不起来，医生用各种仪器检查之后，也没检查出什么来，只说观察观察，偶尔让护士打两针、喂几片止痛药。他问祖父：“还记得我不？”祖父眯着眼想了好半天：“记得……你是……”犹豫、斟酌了好久，到底也没喊出他的名字。祖父不时唠叨着：“在这不好玩，我要出院，要回家。”他说：“爷爷，你以为你是来旅游的吗？”祖父说：“你们给我买瓶‘蛋白’，回村里门诊打一打，就好了，别在这里赖着……”不知从哪一年开始，但凡身体不适，他总说打“蛋白”，好像那包治百病。父亲说：“医生做了全面检查，也查不出什么来，只让多补充些营养，要回家休养也不是不行。”祖父盯着他看了好一会：“你来了？”他说：“我来了，你记得我不？”祖父再次眯着眼：“记得……你是……”

然而，他的名字仍旧无法从祖父的嘴角漏出。过了一会，祖父则开始讲述他数十年前外出逃亡的旧事：特殊年代里，他如何躲避时代的刀光，在一个个缝隙里寻找生机的旧事。他在无数的家庭聚会里讲过这些事，每次都细节鲜活，满是湿漉漉的水滴、泪滴和血滴——可他，已喊不出他大孙子的名字。重述旧事时，祖父不时插播命令："给我收拾收拾，我今天就回去。"他说："也不是不行，我们问问医生。"祖父说："决定了，最迟明天，我不待在这。"从医院出来前，他用手机给祖父拍了张照——不知怎的，他有些冲动，觉得不拍不行，有些机会不能错过，否则可能会留下遗憾。下楼，走出医院的门，他想起自己被印到白酒包装盒上的句子：天空为何那么空？

他又想起李商隐：君问归期未有期。

为何？为何想起？

哦，不管了，不问归期是归期，祖父病床寻旧日。

朋友群又在组局了——这个群以组局为乐，但往往不能成局，组而未成本身就成了某种恶趣味。疫情之后，大家见面就更少了，即便身处同一个城市。群里只有七个人，都是中学时代的友人，他和 K 还是小学同学。五年级时，K 坐他的前面，他时不时在课堂上钻进课桌底下，靠着 K 的后背，说起昨天从广播上听来的《薛刚反唐》之类的评书，K 因此神游万里。群里不时变换谈论的主题，比如：L 换了哪款新手机，作为一个印刷厂的副经理，他时时带着厂里一个小妹，出入各家旅馆；爱健身的 Z，婚后，原来的翘臀、胸肌无限膨胀，变成气球、肥猪或者说气球般的肥猪，失去了在健身房撩妹的资本；X 本来热衷于东南亚各国的穷游，可疫情泛滥，他寸步难行，快一年了，他连省内别的城市都没去过；W 在北京工作，妻子却在长沙，房子也买在了长沙，好长一段时间内，他在群里直播着他房子装修的进度——都是他妻子拍的——群里都笑他，结婚了跟没结婚一样，买房了也跟没房一样，他仍旧自己在北京租房，每天仍是单身狗。关于 K 的话题，则是他的婚事——K 是晚婚者，倒也不是没谈对象，他的女朋友跟他从大学时期就认识了，至今已有十六七年，却总是一年拖一年，疫情最严重的时期，公共场所的交往都被禁止了，群里都嘲笑 K，说你们就算现在想办婚礼也没法办了，难道大家戴着口罩去？

K 在群里公布婚期前，也曾和他见过一面。K 说："疫情一来，啥事都做不了，我最近也老在想，世事无常，还真是不能再拖了。最近，国内的疫情缓和不少，酒店可以接婚礼酒席的活儿了，我想尽快把这事办了。说不定什么时候疫情再反复，没完没了，日子还得往下过嘛。"两人喝了几瓶酒，回忆起小学时，他钻到桌子底下学讲评书的旧事，以及那时到租书店翻看武侠小说、在小镇的茶馆里看 TVB 武侠剧的情形。再仔细一盘点，那时的同学，竟已有三人不在人世：一个死于重病，一个死于沉船，一个则是由吸毒发展到贩毒，在县里的一次“严打”中被枪毙了。这些回顾让人心发慌，灌酒的速度也快了，以至于他后来从 K 装修一新的准婚房出来，有点晕眩。接亲之时，除了远在北京的 W，群里其他人都去了，每个人都自嘲这是世上最老接亲团——一群儿女读小学的父亲。K 这几年热衷于写毛笔字，不时在群里甩出他抄的心经，越来越有老干部的范儿，他给群里这几位接亲的哥们儿都准备了礼盒，打开一看，居然是一支鹅毛笔——一个整天毛笔不离手的人，却给其他人送西方人用的鹅毛笔，到底有何深意？后来在群里问及，K 说：“碰到网上团购打折而已。”

K 本是群里最热衷组局之人，可婚后，他如销声匿迹一般极少在群里吭声，大家每回笑着说“组局组局”之后，也都各自忙各自的事情去了，群的名字也改成了“永不成局群”。F 则变成群里的失踪者，名字还挂在上面，可从来不说一句话。作为导游的他，是这一次疫情中受冲击最大的，在保持距离、佩戴口罩的呼声中，旅游业损失惨重。F 在无团可带的情况下，终于变成了朋友圈里的“微商”，整天转发乳胶床垫、乳胶枕头大优惠的消息。

受疫情影响，原来被疯抢的泰国乳胶床垫、乳胶枕头积货严重，厂家低价处理，现在是你买到物美价廉好产品的最佳时机。错过不再有，有意请私聊。

没有点赞，也没什么人回话，更不知道能不能卖出去，朋友们也不敢在群里问，怕刺激到F。此前群里讨论买房问题的时候，F是坚定的不买房论者，他说家里有地，离省城也不远，有百几十万，为什么不回家盖好几层别墅而买个小毛坯？群里不知道谁说了一句："买房的同时，也可以回老家盖啊，互不影响。"这话让F直接退群，后来连哄带骗才又把他拉回来了，他却也不再吭声。群里开始畏首畏尾，不太敢谈关于房子的话题，怕又刺激到F。后来知道当年的不买房论者F在没法带团后，除了卖乳胶产品，也成了房产中介，并且第一件事就是给自己下狠手买了一套房，大家这才都暗笑自己多虑了。

从祖父住的医院出来前，他把去参加酒企那活动的"出场费"拿出一半，给了父亲。父亲说："你姑姑叔叔他们都凑钱了，大部分也能报销，花不了多少。"他说："拿着吧，若有多的，你该吃就吃该喝就喝。"对于家里人，他总是讷于言，掏出这些钱，不过是想减轻自己的愧疚——他睡眠不好，若让他像父亲一样蜷缩在病房的那张小椅上守夜，估计熬不到祖父出院，他就得从病房的阳台跳下去，所以他只能以出钱的方式来“出力”。出了这医院，他还得转场去另一家医院看岳父——一周前，岳父做了一场快八个小时的大手术，其间都是妻子跑去看，他也得去塞点钱给岳母，继续减轻自己的愧疚。出差，奔劳，带回一些钱，是确确实实给家里这些人带来用处的，这理由貌似能说得通。作为写诗并且能以“文字”谋得生计的他来说，他的敏感是异于常人的，可他不会把所有的感觉都写下来，比如说，他不会以“中年”为题，写下这样的句子：

祖父在一家医院，喊脚疼，喊要回家
他的话语之河，流出几十年旧事
却被我小名的堤坝所拦截
岳父在另一家医院，他只能躺着
让岳母别收我的钱，说留给小孩上学用
他的话只有岳母懂，岳母是他的贴身翻译

这样的句子，可以想，却不能写下——真写下了，就相当于对着一个本就是伤口的地方，再狠狠插一把涂满辣椒和盐的匕首。对他来讲，年纪渐大的过程就是言语变少的过程，他在小区旁边一家健身房办了健身卡，有一搭没一搭地去流流汗，倒是瘦了些，但身上的肌肉线条并未出现，他也没有在手机App里给自己做健身规划，只是闷着头跑，各种器材胡乱摸一摸，让汗水流透全身。那几乎是他最自我的时间。他的日常被工作、老一辈、小一辈分割完了，剩下的，被手机屏幕割走，唯有乘坐飞机时的“飞行模式”和健身房里的流汗时间，才属于他自己——那是他和世界隔绝、和时间断网的时刻。甚至有一段时间，他常常用手机看一些高僧讲法的视频，讲所谓成佛，不外乎返本性、生智慧、知生死；要生慧，得有一颗定心；要定心，须有戒律，有所为有所不为……他听得半懂不懂，作为诗人，他拒绝浅薄的心灵鸡汤，而这些说辞，是某种意义上的心灵鸡汤吗？但这不重要，至少，在手机屏幕的信息轰炸让他眼睛浮肿、视力骤降、心神不宁之时，“飞行模式”、高僧说法和毫无思绪地奔跑，让他有了难得的宁静。当然也有某些神游的时刻，比如说，健身房里出现某位身材绝佳的女子，他也有上前打招呼的冲动，可并没有真正过去——他只在心中自建一段缘起缘灭的故事。和妻子……他不敢细想，反正，过了瘙痒之年，该吵的吵过，最坏的情形也摆上过台面，就差签名了，千疮百孔，却不敢彻底了断。每当两人的声音升高，不管喉咙里发出的声音是否失控，他心里先就泄了气——认输吧。只有输。全盘皆输。

疫情蔓延时，大人出不了门，小孩也没法上学，百来平方米的房子，成了所有的活动空间，倒是面面相觑待了挺久，忍耐力越来越强。手脚无法动弹，目光断于门窗，想象缩手缩脚……看着孩子在乱成垃圾堆的玩具边摆弄，他心里会有一闪而过的画面浮现：寺庙破败，油灯摇曳，外头夜雨不歇，只有偶尔的木鱼声穿透雨声而来，他对着一堆篝火，驱赶着身上湿漉漉的冷。——这画面哪来的呢？来自少时武侠小说武侠影视的侵蚀？来自上辈子的记忆残存？来自短视频上高僧所谈及的古代公案？还是来自后来他在那家白酒企业上，和一众当代诗人谈到的李商隐……巴山夜雨涨秋池……？江湖夜雨，冰冷凄凉，身世也是飘零的，可那里头有一种无所顾忌的自由；身上湿漉漉，可眼前有篝火，耳边有木鱼声，庙堂里还摆着一座座雕刻粗糙、落满灰尘却仍旧闪耀着光辉的佛像。

“出来吧。”

K这话没在群里说，是发给他的私信。

“哪？”

“我们去看看F。”

K的车停在小区门口。他一钻进去，就闻到一股浓烈的烟味。

“F怎么了？”

K说：“你到时别在群里说。也没什么，有人找他买个床垫，送过去时没事，几天后说有质量问题，他过去看，跟人家有了争执，打起来了，他伤了一只手。”

F没有住在他刚买不久的房子里，而是住在乡下。那自建的房子，像一个狭长的盒子，堆叠了三层，并不是他曾提过的所谓“乡村别墅”，门前靠路，门后是一条水沟，水沟的后面，是大片水田。F就住在三楼靠后的房间里，玻璃窗外，水田一块一块呈现出不同的颜色。F的伤势倒也还好，就是右手臂被绷带悬挂在胸前，脸上有些浮肿。也没有K想象中的沮丧，甚至一见面，他就让K给他点根烟。K说：“都这样了，还抽？”F说：“不影响，抽支烟而已。”房间里烟雾缭绕起来。F知道这俩来客好奇，还没等他们问，自己就主动说了：“我不是好事的人，要说我送的货坏了，给他马上换，没啥，可他拿出来的，是一块用了好几年的旧床垫……讹我。要我多送给他一块都行，但是不能讹我，我咽不下这口气——其实，我也是快憋疯了，疫情这段时间以来，心里老是有股气出不来，人都要炸了。也不管那人比我高两头，干了再说。”

K苦笑：“那你又得在家歇一阵了？”

“今年不都在家歇着？”

“也是。全世界人民，都被喊暂停了。”

“不能多想，多想吓人。去年我带一个老人团，你们知道，我们导游最怕碰到老人团。这团里，有个老头神秘兮兮的，让我们注意，春节前后多居家少出门，都歇着，别蹦跶。当时所有人都笑他，现在想起，汗毛都立起来了。”

“这么神奇？”

“当时当笑话听，现在想想，无论什么事，总会有人提前知道。我们这些懵懵懂懂的人，骨头折断什么的，哪算什么事。”

“心态挺好嘛。”

“不好不行，当导游，得会鼓动人；现在，得鼓动自己。要不然，活不下去。”

K说：“看来，你得有一段不能喝酒了。”

“歇歇也好，但烟断不了。”

说着说着，就都停住了，F、K，还有他，都望着窗外的水沟和水田，鸦雀无声。他就更尴尬了，从一进来，就是他听着F和K你一句我一句，他任何话都插不进去。F把烟头丢到窗外去，问他：“你还写东西？”他点点头，又摇摇头，自己也不明白是啥意思。F说：“在家养伤这几天，无聊，也不想看手机，我又翻了翻一些武侠小说，还是好看。当年看小说的画面就都回来了。我老想着，武侠小说里的生活挺好的，快意恩仇。天大地大，实在混不下，找座山头躲起来，应该也不难。你看看这鬼世界，大部分人出不了门，见面都戴个口罩，像什么样？”他回答不上来，他偶尔写些诗歌，类似“天空为何那么空”那种，也发表了不少，但对于诗人的身份，他的忐忑、虚无和自我怀疑越来越强烈。以前他也写过武侠小说的，可没办法，他和金庸、古龙那一代身世飘零的人不一样，他的武侠小说既不武、也不侠，没法武、也没法侠了——甚至，在火热的网络小说里，武侠小说也极不受待见。更极端一点来说，在当下，写文字的人，都没那么受待见吧。

他问 K：“你的婚后生活怎么样？”

K 笑了笑：“能怎么样？”

三人哈哈大笑。

那家邀请他去谈李商隐的白酒企业，给他寄来了两瓶酒，包装盒上，有他的头像、诗句和签名，他拍照发到群里，说：“组局？”远在北京的 W 喊：“组，组，组。喝！”从来没法参加的 W，永恒的啦啦队长。前健美男 Z 抛出一个浑身油光的男人照片：“人家不会喝酒的。”X 说：“先留着，不急，等我。”L 说：“是，先留着，我这两天忙，得喂饱这妞。”说完，又在群里发了那个妹子的照片——群里的人至少见过这张照片二十次，也不知真假，反正参加不了的时候，这张照片是百试百灵的挡箭牌。F 和 K 习惯性沉默，他知道，这两瓶印着他头像、诗句和李商隐气息的特制酒，也没法组成一个局。大家习惯性交谈，很快又转移到疫情之上。他在微信“看一看”里裁切了一张图，蓝底白字，鲜明地显示着，全球感染新冠肺炎病毒的人，已经超过三千万，死亡接近一百万。这庞大的数字，让群里的空气忽然凝重起来。大家已经多久没看过这数字了呢？中国的疫情缓和之后，国外的染病数字，好像仅仅变成了数字，缺少了那种紧张感。

妻子从医院看完岳父回来，和他聊了几句之后，两人习惯性地嗓门变大。伴随着她的眼圈发红，一年级的儿子在一边疑惑道："妈妈，你怎么了？"他满肚子的气顿时泄光，说："你要跟爸爸去散步不？"儿子摇摇头。他趁着夜色出门。毫无目的地闲逛到小区附近的带状公园。公园挨着一条河，这条河早些年只能算是一条臭水沟，淤塞不畅，臭味刺鼻，前两年环境整治，面貌焕然一新，成了无数市民的好去处。广场舞是少不了的，大妈们要把被疫情耽搁的激情全都寻回来，就在音量和人数上下功夫，轰得人远远地就感觉到天崩地裂排山倒海。公园里的沙池也围了很多人，旁边还有人摆起画架，供小朋友们涂鸦；给气垫装水，丢进塑料鱼虾，鱼头虾头有磁铁，供小朋友们垂钓——都是摆摊的好营生。

他在沙池里扭腰，单杠上、双杠上，都有人。有一个中年人光着膀子，不断以后背撞击双杠——不清楚他依据的是来自哪个星球的健身理论。沙池外，有一个年轻人，身旁放了十来瓶啤酒。这些酒正不断地被年轻人往嘴里灌。他不免多看了两眼，年轻人也注意到了他，朝他挥挥手："喝两口？"他走过去："见笑了。光就这么喝，你喝得下？"近身才发现，年轻人头发在滴水，身上的衣裤也湿漉漉——这水好像还并不干净，散发着一股腐臭味。他皱了皱眉。年轻人递给他一瓶啤酒，他的手好像也湿着，水顺着衣袖，往下滴。他没接，后退两步。年轻人说："怕脏？"他只好坐下："我不会喝酒。"头发黏在额头上的年轻人颇显狼狈，又满不在乎。他不想问，却又忍不住问道："怎么了？"

"你指什么？"

"你浑身都湿了。"

"哦，这个啊。"年轻人指向公园边上那条河，"我刚从那里爬上来。"

"捞鱼？"

"不是，想死。"很重的一个"死"字，可年轻人似若无其事，又狠狠地灌了一大口。

人家连"想死"都跟他说了，他也就不好意思不陪喝了。他取过一瓶啤酒，用牙咬开瓶盖，咕咚咕咚灌了三分之一。已经没那么冰，啤酒有些泛酸——再酸也是酒，也能给他壮几分胆色，他问："那怎么又不死了？"

年轻人说："死，也不是那么容易的。我买来这些酒，心想喝完了，就投到河里去。又想，真喝完了，搞不好又不想死了，就直接投进去了。你看，成了这样，一身的臭水沟味，别看这河看起来清，还是臭水沟。各个小区的排污口都伸到河里，我现在是一身粪便。”

他说：“不是想死才跳进去的吗？怎么又上来了？”

“臭水太浓，浮力大，老把我往水面推。推了几回，我的气泄了。又看到有飞机飞过，我就爬上来了，不想死了。”

“想死不想死，跟飞机有关系？”

“有。我为什么想死呢……活不下去了呗。疫情后，所有的业务都停了，还有十来张口等着我去喂，哪熬得住，也不能把人都解散了就完事吧？可怎么熬呢！我其实想过各种死法，每一种都太不容易……投水，容易吧？并不。你想游泳时，倒是要淹死；你想死了，水却不让你沉下去……”

“这跟飞机不飞机，有啥关系？”

“有关系。看到飞机时，我便想，疫情来了，没有人活得容易。我难，那些航空公司不难？有一段时间没人走动了，飞机怎么办？现在不也得飞？你这两天看新闻没，据说我们省这航空公司的老总，被限制高消费了，他就是航空公司老总，可他也不能乘坐自己的飞机了——这算是时代的荒诞不？可怎么办，不也得熬着活下去？飞机不也得继续飞？难道不飞了，在停机坪当废铁？”

他还能问什么呢？他只能和年轻人碰一下酒瓶，又给自己狠狠地灌了一大口。年轻人说：“死不了了，这酒还得喝，喝完回去洗个澡……”公园里，路灯暗淡，他看不清年轻人的脸，可他总觉得他的眼圈四周，红了很大一圈。当两人一口接一口，这些酒就不怎么够喝了。他说："还想喝不？我再去买！"年轻人摇摇手说："不了，我不是酗酒的人。"年轻人一转身，就在公园明明暗暗的灯光里消失了，像使用了某种轻功。他把酒瓶丢到垃圾桶里，再次回到沙池，那个以后背撞击双杠的家伙仍在继续，仿佛誓将整个地球扛起来。

正在此时，他的手机响起来，是父亲，他接了。父亲说："你赶紧来一下医院，你爷爷一直念着找你，念叨了一个晚上了。"他心慌意乱起来，赶紧在路边拦了辆电动车就往医院赶。病房里，守护了好几天的父亲疲态尽显，老到几乎和祖父差不多。祖父则手舞足蹈，不断给父亲讲陈年旧事，听得耳朵起泡的父亲，已经忍耐到了极限，就等着爆炸时刻的到来。看到他过来，祖父安静了些。父亲说："他一直让我喊你过来，问什么事，也不说，你陪陪他，我下楼走走。再窝着，我也疯了。明天给他办出院手续吧。"父亲起身就下楼了——父亲也需要一会的安静去魂兮归来。

祖父挥手道："你坐过来。"

他靠着床沿坐下，给祖父轻轻按摩脚底。病房里，灯光发白，床位都是敞开的，一般人来这里，确实是没法入睡的，难怪祖父一直闹腾着要回去。即使药水的味道已经极其轻微，也仍旧提醒着他这里是医院……是医院……是病号、伤者汇聚之地，无数的病菌在各个角落里虎视眈眈。他不得不细细端详起祖父，没有眼前这个皱纹交错、面色黑褐的瘦削老人，便不会有刚刚下楼喘口气的沉默的父亲，更不会有此刻坐在床沿的他。这几年，过了八十四岁之后，祖父越来越像个小孩，家里人都拿他没办法，可眼前的他，不再像小孩子，而是那个历尽劫难看轻生死的淡定老者——可能是灯光反射的缘故，祖父的眼睛也明亮许多。祖父摆摆手说："你坐好。我没问你爸啊，他一直在这看着我，可我没问他。我是自己想起来了，我想起你的名字了……"

——轰的一声，后面的话，他就听不清了，甚至也有些看不清眼前的情形了，白雾遮挡，世事虚幻，他耳边又响起自己写的句子——"天空为何那么空"，为什么为什么为什么……它装下了那么多雷鸣、雨水和阳光，可为什么永远那么空？他闭上眼睛好一会儿，睁开，掏出手机，在"永不成群局"里说了一句："谁还没睡，一会出来吃烧烤，喝两杯吧。"无人应答，尽皆沉默。可能他们都睡了吧，也可能他们不知道说什么。

# 夜曲破空

巷子曲曲折折，像港台老情歌的旋律。路灯坏的比好的多，黑是这里的统治者，偶有几盏好的也苟延残喘，随时要落荒而逃的样子。郑飞爱在此时夜行，妻儿已睡，他下楼，抽根烟，奔一间尚未关门的店铺而去。小区处在一个奇怪的位置，往右十步便是车水马龙，往左则深入辗转曲折的旧巷，一步一步返回小县城、小镇子，直至眼前近乎全黑，回到远古。这城中村说是要拆的，很多墙壁、房门上已经画了圈，圈内一个个血红的“拆”，村口也立起了规划图，但现在，本该轰轰烈烈的旧城改造顿然夭折，这城中村仍是旧模样。不知道是恋旧还是处于舒适区的不思变，他没法想象这大片的旧房子尽皆抹平重建新楼的模样。他很清楚凡坚固的都将摧枯拉朽，连自己成长的小镇也是日新月异，要想复现记忆里的旧时光，还得到东南亚没怎么发展起来的那些灰突突的小镇去——他跟不同的朋友去过东南亚数趟，留下照片无数，那是和旧时光的相遇。这些拯救记忆的行动，随着疫情的蔓延戛然而止。国内疫情缓和之后，宵夜小店又开张了，他在大多数深夜都要去光顾那些小店。吃完回家，消消肚子，他就钻进书房，翻看往日拍摄的一些视频素材。

说是书房，并不放书，而是摆满他的设备，有录音的，有摄影的，一台大的电脑显示器居C位，为了避免打扰到妻儿，装修时这间房专门用了隔音材料，但半夜里他还是不敢把音响打开，而是戴上头戴式耳机，让声音只在自己耳边响起。经过省内报纸和门户网站的接连报道，前些时候他的视频账号以日均几百人的速度涨粉，这让他很兴奋。他本来无心经营视频，奈何疫情防控最严厉的那段时间，上班上不了，儿子上学上不了，也几乎把所有的老师都逼成了网红。在这百来平方米的家里，他和妻子闲极无聊，就教儿子说本地方言，并录制了相关的短视频，发到网上。儿子生长在城市里，从小对着电视机说普通话，对本地方言极为陌生，把那些怪声怪调的地方语言读得七扭八歪，却也别有乐趣。没想到，这无意的举动，竟然引来不小的关注，在发到第五期的时候，不知怎么就猛涨了三万粉丝，省内的报纸和门户网站，也对这事进行了报道，把他教儿子方言的举动当成建立地方文化自信、讲好地方故事的典型事例来宣传，这让他一下子生出很多压力。有时晚更新两天，就有很多粉丝喊“取关”“取关”，他还得上去“告示”一下。可没等郑飞得意多久，无端的攻击就从各个角落冒出，他从没想到一些人可以没来由地心怀恶意。他内心强大，可因为很多攻击都是针对儿子的，妻子为这事跟他闹了几次，他犹豫着要不要停更，甚至关闭账号。

郑飞最早玩的不是摄影，而是音乐，跟朋友编写录制一些方言歌曲，也没有多大野心，纯粹出于个人兴趣。这些歌在网上发布出来后，有若干首传播甚广，成了本地广场舞大妈们最热爱的神曲，有时夜里他在某块空地听到，也被轰得精神一振，跟着大妈们手舞足蹈。他的工作却是摄影，在工作时拍摄一点夹带私货的个人作品，就是顺理成章的事。

翻看杂乱的视频素材时，郑飞一眼就看到了老徐。

那个木讷的老人，在他的视频里久久无语，脸上的皱纹犹如深沟，暗藏无数海水。疫情带来的禁足，也在某种程度上让郑飞的记忆出现混乱。疫情之前他去拍过老徐，留下这些影像，有的已经剪好，并配上背景音乐与旁白，有的则只是原始素材，还等着他清蒸或爆炒。可他为什么竟然把这片子搁置了这么久呢？这大半年来他极少外出，在家的时间那么多，是有足够的空闲去完成的，可怎么竟遗忘了呢？点开剪好的那部分往下看，在老徐身后跟拍的一个长镜头后，郑飞自己的声音出现了，字幕一行一行跳出。疫情暴发前几天，他回到镇上，跟着老徐拍摄了这段视频，当时他雄心勃勃，想给老徐拍一部纪录片，一部真正意义上的纪录片——自以为有才华却未必真有的人，做点什么事时往往会用“真正意义”这个词。

听自己的声音，总是显得奇怪，即使搭配上舒缓的背景音乐。

对于老徐，你得让他喝。几口酒之后，他发抖的手才会停下来。他完全不习惯有人在他身边跟拍，被一个摄像机怼着还若无其事，这他无法做到。起先，他喊了几声，甚至挥舞起拳头，要求把这机器收起来。把他带到这家他最熟悉的饭店，几口米酒下肚，他才渐渐镇定下来。他熟悉这饭店，并不是因为他来得多，事实上，他很少下馆子，因为下不起。不过，他家就在饭店的斜对面，店里的油烟每天都能熏到他，他能从油烟味里，喊出店家端出的每道菜。

现在想起来，在饭店里老徐之所以能镇定下来，除了米酒的功劳，还因为郑飞把机器在三脚架上搁好后，就告诉他机器已经关了，不拍了，可事实上镜头仍在偷拍。郑飞在给儿子录制学方言的视频时，面对架起的摄像机，儿子有时也会闹，换成手机，他便不太理会。当时，老徐也仍对摄像机多次投来犹疑的眼神，怀疑机器里隐有另外的眼睛，可以窥探到他不愿展露的深处。不过，老徐闪烁不定的犹疑眼神，后来被剪掉了——而此时，郑飞有点拿捏不准，不是说要给老徐拍摄真正的纪录片吗？为何把这些真实的表情给剪裁掉了？这种剪裁，是结构，也是一种虚构，更是无中生有、视而不见，把细微的表情驱赶了——好像老徐回过神来，仅仅是因为几口酒。

老徐爱这米酒，它与店家的炒猪头肉是绝配——他此前从油烟里闻到过无数次、幻想过无数次的盛宴。

“你们在外工作，见世面，帮我找找儿子咯！”［同期声］

这几乎是他跟每个人相识后的固定开场白。也说不清那么多年过去，他是真的还想着把儿子找回来，还是这话随时挂在嘴边，已经成了肌肉记忆和身体本能。

“多少年了？得算算。”［同期声］

他记不清儿子失踪的确切年份。他每天都在想着把儿子找回来，可一直悬挂在他心中的事，他扳着手指算不清，是因为他算术不好还是记忆衰退？或者，他只是用一天天的寻找来确证自己还活着？一盘猪头肉是不够的，又给他加了半斤粉肠和半盘鸡，他不想吃菜，对着肉风卷残云，连盘子都要丢进喉咙去——哪怕你给他喉咙丢进一间家禽市场，估计问题也不大。

儿子失踪的具体时间，老徐说不清，反而是镇上很多人都能说上一二三四来。在新世纪到来前，老徐的儿子在县中学读高中，竟然被后来流传颇广的某邪教蛊惑，暗地里研习“功法”。郑飞和老徐的儿子年龄差不多，是同届，知道其在同学口中，有个外号叫“Jim”——因其毛发天然卷，看上去颇有混血儿的模样，同学便以英语课本上的Jim来代替其名字。Jim当年在学校，天天对同学喷射歪理邪说也就罢了，有时睡到半夜，竟然爬起来在宿舍里烧香点烛燃纸钱，邀请大神降临，把舍友吓丢半条命，闹了几次以后，舍友都要求换宿舍。班主任跟Jim聊了几次之后，若不是他颇懂些心理学，心理过硬且党性强，早已被Jim带歪节奏。校方见挽救无效，找到老徐，让他前来办理Jim的退学手续。校长心存慈悲，答应保留其学籍三年，只要Jim恢复正常，可再回来办理入学手续。当然，当老徐找来一辆三轮摩托车，把木木呆呆的Jim和散发着妖气的行李拉走后，Jim再也没回过校园……这一段往事，郑飞一直不知道该怎么放到纪录片的讲述里。这是老徐成为如今模样的根源，没这一段，后面的故事讲不清，可这该怎么用画面表现呢？别说老徐不愿意、不习惯对着镜头开口，他若真开讲，前言不搭后语，记忆混乱杂糅，那不得是大号蒙太奇和超级后现代？

老徐的儿子是从学校回来两年多后失踪的。失踪前的那两年，他已经成为镇上的一个传说。他疯疯癫癫，身上衣服从没干净过。有一次，他给一个准备买彩票的中年人指着一辆面包车的车牌，那人心领神会，犹得神启，花二十元买了车牌上的四个数字，中了头奖。这事让老徐的儿子成为无数彩票迷心中的活神仙，他后来被追问过很多次，没有再中，可这依然不能动摇他在彩迷心中的地位。

“那贼小子，怎么不把要中的号码告诉我？”［同期声］

老徐对儿子让别人中奖愤愤不平，虽然说那人领取奖金后，也给他儿子包了三百块红包。镇上人也习惯了老徐的儿子在街巷里晃荡，毕竟，哪个镇上没晃荡着这样的一两个人呢？

老徐的儿子是在一个秋风乍起的时节失踪的。那时，学生们纷纷返校，奔赴某个陌生的城市，进入某个陌生的校园。莫非老徐的儿子被这些事触动，无颜面对自己，所以消失在空茫的世界？这个推测是老徐提出来的，他无比确信，若不是因为隔壁的那一顿升学酒，他儿子仍然在这个镇上。

“当时，隔壁阿六办升学酒，叫我们去喝，阿六要比我那小子小两届，可他也要上大学了。吃饭时候，我家那小子就精神不好，平时脸上笑嘻嘻，那天也不笑了，回来后，竟然主动跑去睡了，也不闹夜。谁知道，第二天就看不到人了，一直到现在，多少年了？十七八年了？……”［同期声］

起初，寻人启事只是贴到镇上；很快，贴到县里；最后，贴到了省城……后来，还在报纸上登了。老徐也曾致电民生节目，电视台前来采访过，可他儿子终究音讯全无。那时，老徐有一半的时间都在外头，他徒步山河，走遍了整个海南岛，想从某个角落里，把他的儿子拎出。之所以没有把战局扩大，是因为老徐分析过了，他儿子几乎不可能通过机场或者轮渡离开海南岛，去往一片更大的大陆——琼州海峡圈定了他的寻子范围。族里有人劝他，放弃吧，那么久了，该甩开这件事，否则一辈子都将耗进去。他们还以各种事实证明老徐的儿子已经不在人世，而是随着那年秋天的江水上涨，溺水而去了。老徐几乎要和族人打起来，族人只好散了。每年，老徐拎着包出去，一两个月后回来，在家里待一段时间，再次出去——他让自己活得像个丐帮弟子。老徐的妻子在世时还能说他几句，可她在儿子失踪的第四年就走了，老徐四处筹钱给她办了一个尚算风光的葬礼，也葬掉了自己所有牵念，之后一旦起念，便会走出小镇的地界。小镇的街贯穿东西，他有时朝东，迎着朝阳；有时往西，追逐落日。镇子外的农田里，有人看到他，便问：

“出去了？”

“出去。”

“这次多久？”

"天知道。"

"还回来?"

"得回。"

……

作为一个旁观者，我有时会觉得，老徐已经上瘾了，他一趟趟出去，目的已经并非寻找儿子，而是要把自己的足迹像印章一样盖遍山河，确证此生曾"到此一游"。

所有的配音和字幕，到这里就没有了。郑飞拍摄的画面还有不少，他快速拖动进度条，那些尚未剪辑的镜头扑朔迷离，老徐的身影不断在他的眼前变幻。郑飞已经全忘了，当初怎么剪到这里就停下了？而且，他一次也没想起这件事。可能是春节后，开始复工了，而疫情仍是笼罩在头上的一团乌云，尽管每天都把自己包裹得貌似百毒不侵，但那些肉眼不可见的杀手，仍在暗中潜伏，给每个人施压。他可能就是在那无形的重压下，把很多事驱逐出了自己的记忆。

此时，疫情还在全世界肆虐，但这安静的深夜，总让人觉得那威胁恍如隔世。记忆沉渣泛起，人被围裹其中，牵牵扯扯，手舞足蹈，想甩掉，却只能沾染上更多。老徐的那些镜头，是疫情暴发前几天拍的，当时谁也没想到，过了几天，这个世界便天翻地覆。疫情暴发后，他还碰见过老徐几次，当时镇上所有人正处于风声鹤唳、草木皆兵之中，自然没有再拍老徐的机会。郑飞脸上挂着已经戴了好几天的口罩，而镇上并没有几个人戴口罩。手机上铺天盖地全是防范细节的信息，镇上也到处贴起了标语，甚至有高音喇叭在喊，可即便大家真想戴，又哪里有那么多口罩呢？老徐以一条黑乎乎的毛巾捂住口鼻，那毛巾太黑了，瞧一眼便会知道，把这抹布绑在口鼻处，别说保护了，简直是一种变相的自残，但不管怎样，老徐也算是在形式和态度上做了防护了。口罩遮住人的表情后，一双双眼睛多饱含忧伤——是的，郑飞努力寻找过，但很难发现戴着口罩的脸上，眼睛是涌出笑意的。老徐那污黑毛巾上的眼睛，眼角皱纹交错，眼珠陷入深黑，没法看透。——老徐只是身子一闪，就过去了。

疫情暴发之初，网上消息乱飞，其时郑飞已经和妻儿回到镇上，准备过年。郑飞第一个反应过来，立刻到卫生院买了几盒口罩。价格涨了一些，可镇上的人就像恐龙，反射弧较长，动作缓慢，当时卫生院竟然还有一些口罩的存货。镇上通知大家尽量别出门，那些铺子，尤其是茶店、早餐店，亦关门闭户了，唯有小卖部，因为要贩卖各家各户过年必备的香烛纸钱爆竹对联，仅仅开了个门缝，来买东西人的站在门外，喊一声要什么，店家在袋子里装好，从门缝丢出来，现金也不收了，一律改为扫码付账，不会用的老人得让族里的年轻人帮买。小镇前所未有地空，郑飞的记忆中，第一次遇到这种情况——你不清楚病毒离你多远，也不知道哪个人会是一个潜在的危险者，这种不明就里的状态，简直要把人逼疯。郑飞走上空无一人的街，觉得自己就像是小偷，忐忑不安。

小镇主街的两头，安排人设岗了。用几根大腿粗的木棍，堆叠捆绑齐腰高，车辆已然没法通行，对行人则是一个原则：可出，不让进。郑飞看到老徐走到小镇的边沿，再往外，就是沃野，是大片的农地，种满稻田的时候，从空中俯瞰下来，一块一块的绿。老徐喊："为什么不让我出去？"

"没有不让你出去，只是告诉你，要出去，就不能回来。"守岗的是镇上的三个工作人员，他们的脸躲在口罩后面。

"为什么出去就不能回来？"

"这是疫情防控要求，谁知道你出去会接触谁？"

"我就到坡上扫一下墓，能接触什么人？鬼也碰不到。"

"那可管不着哦，你说你没接触人，怎么证明？你懂看手机的吧？手机不懂看，你看电视的吧？知道现在病毒啥情况？传播那么猛，可不能拿全镇人的命跟你开玩笑。"

"我真的就是去坡上。每年这时候，去看看我婆娘的坟。你看，这袋子里全是香烛纸钱。"

在后面的两个人盯了盯为首那人，显然有点动摇。为首那人仍旧冷冷道："疫情防控不是开玩笑，出了事谁负责？谁能保证你出去，不会碰上个什么人？谁能保证他不是从疫区回来？我们这还不像大城市，防疫物资少，口罩都没处买，传开了，不都得玩完？"那两人也只好帮腔："老徐，回去吧，等过一段再去。你们多少年夫妻了，不差这一天两天。等风声过了，你再去，她不会怪你的。"

老徐一把扯下脸上的黑毛巾，那三人不自觉往后一跳："老徐，你戴上，你先戴上……"

"戴上，戴上。"

老徐把毛巾拉上，继续遮住口鼻："每年这时候，我得去看看她……"

"她理解的，老徐啊，你也是不懂，我们这有疫情，地府下面就没有？你难道没听过，世上有什么，下面也有什么？现在在下面不也得设岗拦路？你以为你的纸钱烧了、送到了，她却领不到，给别的鬼劫了，到时她没钱花，倒真要怪你的……"

"嗯……"老徐动摇了。

领头那人乘胜追击："老徐，我们这是为你着想。现在镇上下了死命令，出去的不让回来，你说我们怎么办？是，你就是去看看坟，大概率是不会有什么问题，但若真的有了呢？不排除这可能吧？只能把你堵死在外头！我跟你讲，不单单我们镇上是这样，哪个村哪个镇都设岗了，到时不但回不来，别的地方你也去不了。谁知道这情况要延续到啥时候，让你在山坡上闲逛个把月，你不得饿死？”

老徐愣了好一会，只能折返。领头那人也朝郑飞招手：“你小子，赶紧回去，别以为你有口罩就可以随便逛，回去，回去。别拿手机拍来拍去，街上鬼影都没一个，拍什么拍？回去，回去。”郑飞只能远远地跟在老徐的身后，本想拍一下他的背影，可实在举不起手机，觉得这样太冒犯。老徐走路的姿势有些奇怪，整个人好像一根竹竿，迈开步子时不像在走动，而是往前飘，那个装着纸钱香烛的红色塑料袋，在他勾着的手指上晃悠。老徐好像没认出郑飞来，也可能认出来了，却借着口罩和毛巾的遮挡，装作认不出来。郑飞大学毕业之后在省城工作，回来的时间不多，但也知道，镇上人对老徐又是可怜又是可叹，可怜他儿子失踪，妻子过世；可叹他死脑筋，那么多年了，仍过得如乞丐一般，年年行走江湖，渴望在某个地方，把神志迷糊的 Jim 重新带回故乡。

返回家里，郑飞被儿子追问：“爸，为什么今年过年不能出去玩？”

“有病毒，世界很危险。”

“在家里，就不危险了吗？”

郑飞只能长叹一口气：“不知道！天知道！”

从二楼的窗望出去，小镇好像和记忆中的20世纪90年代并无不同，格局仍在，街巷也未曾有什么改变，无非是有的房子新了一些，不过仍是建在原先的宅基地之上。可又真的不同了，少年时那些喊打喊杀的武侠片不再响彻小镇的街巷，也不再有少年人，在这偏僻无名的小镇想象着更大的世界……是的，全变了。非但人有少年，连小镇也会变老。春节期间，镇上有十几个人因为聚赌被抓——聚赌倒也正常，哪个春节，镇上的人不赌一赌呢？可是在疫情的背景下，人人忐忑不安，呼喊、叫嚣就不合时宜了。这个春节，连鞭炮声都少了，稀疏寂寥的鞭炮声中，隐藏着羞怯、迷茫和恐惧。

元宵节过后，他才重返工作岗位，这是多年来最长的一个假期了。其时儿子尚未接到开学通知，妻子又是全职主妇，经商量过后，妻子儿子就暂时留在镇上。毕竟，省城的各个小区仍是封闭式管理，买菜买肉都不方便，而在镇上，屋子外头就是菜园，家中老人也养着鸡鸭，留在镇上，倒是最方便的。疫情仍旧处于最严峻的时刻，郑飞驾车准备返回省城，快要出镇口时，他等着设岗的人把长木移开，好把车开出去。他的车刚停下，车身前面就露出一团黑影，黑影一拐，到了副驾那边的门外，他把玻璃窗摁下，一股酸腥的味道奔涌而来。正是老徐，他怀里抱着一个已看不出颜色的包。

“你去海口？”老徐犹豫了好久，问出这话。

“要回去上班了。”

“海口？”

“海口。”

“能带我一程吗？”

“……”拒绝的话不好说出来，可刺鼻的味道让郑飞犹豫不决，“你是要……”

“每年这个时候，要出去，找我那仔啊。”

“今年不同往年，现在到处是疫情，出去后，什么都不方便的。你没看到新闻吗？好多人被堵在半路上十天八天，哪都去不了，讨口水喝都不容易。”

“我得……”老徐说，“不去不行，我那仔等着我去找呢。我总觉得，这一回能把他找回来。”

长木已经移开，领头那人在前面挥手，喊道：“阿飞，你出去可以，但接到新的通知前，你可回不来了……”

郑飞探头出去：“我老婆孩子还在镇上呢！小孩到时要上学怎么办？我还能不能回来接他们？”

领头人说：“那也不能过这关。你车在外面掉头等着，让他们走出来上车。”

“那也行。”

领头那人又喊：“老徐，跟你讲了几百遍了，你还想出去？你要出去你就出去吧，后果也告诉你了：出去了，别回来。但你别看到车就拦……”

老徐有点急，敲打着车门：“现在外头不好坐车，汽车站也没开，你把我捎到海口去，要靠走，我走到啥时候才到？”

刺鼻的味道滚滚而来，车外还好，缩在这密闭的车舱里，尤其是上了高速后，窗户关死，还不得被这味熏出内伤？郑飞仍在犹豫，可拒绝的话怎么说得出来口呢？

郑飞有点烦躁。

正在这时，有声音在车身后喊起来：“二爹，你……你别小孩子一样，看到车就拦，在家也跟你讲无数遍了，还这样？还得专门有个人盯着你？”郑飞回头一看，一个二十几岁的小伙子从后头走过来，伸手拉住老徐的左手臂，郑飞不知道他的名字，但认得他是老徐家的侄子。

“飞哥，不好意思了。你走吧。”小伙子转头，“二爹，回去吧，今天家里杀鸡，我陪你多喝几杯。”

“我得去找……”

“二爹……那么多年了……”

“他没死！”

“我没说他死了！他也是我哥……”

老徐忽然举起右拳，狠狠地敲打郑飞的车门：“我要去找他。

他没死，没有！”

老徐几乎是瞬间就失控了，郑飞很担心他收不住，会直接打破那露出三分之一的玻璃窗。小伙子忙说：“不好意思，飞哥，不好意思……二爹，你别把飞哥车给砸坏了，来，先回去。明天我开车，我送你去海口，我专车送你去。我保证，你坐我的车去。”

“……没死，他没有……”老徐还要继续敲打车门，小伙子只好用力一拽，把老徐拉开。郑飞趁机一踩油门，车往前一窜，很快冲过了“防线”，他继续加速。四五百米后，才把车停下来，他回头看，身后长木再次落下，小镇再次隔绝成一个孤岛。老徐和他的侄儿，仍在那里手舞足蹈推推搡搡，但已经听不到在说什么了。郑飞长舒一口气，又满是愧疚，这么拒绝人，还是第一次——关键是，拒绝的理由，是老徐身上酸腐难言的味道而不是别的。出了小镇边缘，右手边有一栋六层小楼，被四周的田野包围着——这算是小镇上第一栋“房地产”吗？一个老板买了这块地，修建了这栋楼，尚未完工就已基本售完。因为疫情，春节还像永远过不完，这栋楼也尚未开工，它将以半成品的样子，在这里站立多久呢？郑飞有点难过，他说不清这难过从何而来。望着眼前的沃野，天地空旷，风声荒凉，他有些理解老徐了，儿子杳无音讯，妻子已变黄土，老徐需要一次次迈步踏尘，到陌生的地方去，以证明自己不是毫无用处地活着。有一瞬间，郑飞想把车倒回去，还真退了几米，他一咬牙，车往前猛窜，两边田野的零碎画面，连成迷糊的色带……

……

郑飞还是把儿子学方言的视频账号关闭了。虽然账号已经开始营利，省内的一些商家还愿意把广告投放进来，可那些恶意过于锋利伤人：更新慢一天，会被骂；更新频率快了，也会被骂；更难听的，则是说他利用儿子来赚钱，怎么会有这样的父亲……总之，自从视频账号迅猛涨粉后，各种攻击四处袭来。开学后，有好几天，他发现儿子魂不守舍闷闷不乐，问有什么事也不回答。他细心观察了好几天，也没看出端倪。后来，还是在一阵阵怒吼之下，儿子才说了，最近有几个高年级的大哥哥，经常在校园里翻看他的口袋，还笑他，说他都是网红了，看看他身上有什么东西可以抢，最后没在他身上翻到钱，就把几个没用过的口罩和几支铅笔给拿走了。这事让郑飞吓出一身冷汗，事情还没发展到不可收拾的地步，儿子身上也没有可见的伤痕，但很多事情已经超出了他的控制——他儿子被恶意的眼睛盯上了。因为这事，妻子吵了一夜，他当即把视频账号关闭了，他承受不起跟儿子相关的任何意外。那段时间，他和妻子每天花很多时间来陪儿子聊天，担心高年级同学的威胁会给儿子留下什么心理阴影。他还想到过老徐，想到老徐儿子消失后，老徐作为一个父亲的无能为力，是的，正是在儿子被欺负的事情发生后，他才真正有那么一点点了解老徐——一点点而已，老徐要承受的，比他可要严重得多。他也忽然有些理解了，为什么那天老徐会忽然发狠敲打车门？寻回儿子的希望被拒绝，被戳破，任何一个父亲都会有这样的反应。

又一年春节，疫情仍旧在全世界波浪一般此起彼伏，但在国内，已经渐渐趋于平稳，没有了上一年的乌云密布。回到镇上之后，郑飞直奔老徐家，一来，想跟他道歉；二来，想继续给他拍一些镜头。可来到老徐门前，郑飞才发现，这里房门紧闭，一个生锈的大锁悬挂在门外。门板颜色深黑，布满了各种霉苔，很显然，这里太久无人打理了。郑飞走到老徐对门的那家饭店，虽临近春节，但午后的日光里仍有一丝丝的热风乱窜，树叶轻摆，地面上的零碎的日光也在动。老板正在挥舞刀子，从半块猪头上，把猪头肉剔除出来。郑飞问："生意还好？"

"哦，阿飞啊，回来过年了？死不了，还好是自家房子，不然疫情最严重时，真得跳楼。"

"熬过来就好。对了，老徐最近怎么样？好像没在家？"

"你不知道？"

"什么？"

“哦，你在外面工作嘛，不太清楚。”

“是……？”

“疫情稳定后，他又出去了，到现在也没回来，够久的。据说，打他电话也没人接。往年不是这样的，往年也会几个月几个月地出去，但电话都通着。可今年，再也没消息了，我看啊……”他摇摇头，把剔出来的猪头肉装进盘子，再倒进漏勺，揭开一个锅盖，里头热汤翻腾，他把漏勺探进滚汤里，烫热猪头肉，重新倒回盘子，撒上几点葱花，朝身后喊一声：“上菜。”郑飞吞咽了一下口水，有那么一瞬间忘了自己是来这里问老徐消息的。白切猪头肉的味道迎面而来，他几乎忍不住也要点一盘。

想完猪头肉，郑飞猛地站起，准备回家拿设备。拍老徐已经没机会了，此前那些零零散散的镜头不够用，要剪一个完整的纪录片已经不太可能了。但人世间又有多少事是前后呼应有头有尾的呢，大多是踉踉跄跄跌跌撞撞而已。他要回去拿设备，架在老徐家门前，对准那长满霉苔的木门和锈迹斑斑的铁锁，从下午拍到日落，拍到霞光褪去，夜色逐渐满溢。这个长镜头可以加快速度，呈现光影的变化，等到真正陷入一片深黑，镜头的速度再次慢下来。给这个结尾配什么样的文字，郑飞暂时还没头绪，但要配的音乐他早就安排好了，那是他停止玩音乐很多年后新写的一首歌，关于小镇的某些零碎记忆。他编的是小夜曲的风格，轻轻婉婉，在夜色中一点一点渗透、铺开、溢满，不知不觉间，已然破空而来。他强迫自己忍住，却仍哼唱了出来：

重返那一年
一切还没改变
后来全消失的人
在那时都还是少年

# 诗　人

忙，所有的时间都是别人的。在他看来，自己是很顾家的，可往往又没办法顾家——晚上九点半接到小学三年级的女儿电话时，他只在心里叹息，不敢让声音随着嘴角的烟气漏出，他说："你先睡觉，爸爸一会儿就回来了。"关键是，这种忙还无法埋怨，不能埋怨，没理由抱怨。要知道，年初的新冠疫情蔓延以来，各行各业萧条，友人里失业者不少，他能忙，可以忙，有资格忙……相对来说，已经是一种资本，不能得了便宜还卖乖，不能让人把他的埋怨当成炫耀。把车停在散发霉味的地下停车场，回到家里，不太敢开灯，洗澡也要静悄悄。女儿、儿子都已经睡着，唯有妻子，双目像漆黑中的两只萤火虫。第二天，他还得早起，把女儿送到学校——送儿子到幼儿园的任务，是妻子的。无论多么不愿睁眼，他还是得挣扎而起，把自己收拾得像个人样。手机嘛，主力机当然是华为

Mate 系列的，摄像功能强大并不是主要理由，而是要匹配其“商务风”，当然，iPhone 也得配一部当备用——更多时候是用来打击一些年轻人，若他们说“什么年代了还用华为”这一类的话，他就把 iPhone 取出，堵住他们的嘴。上衣以 Polo 衫和衬衫为主，剪裁得体，修身显型，下身自然得西裤皮鞋，运动鞋和牛仔裤不会在考虑之列。既然抽烟，一个不锈钢的 Zippo 打火机自然得常备着。至于发型，油光可鉴，一丝不乱……从何年何月开始，他便一直奔着这么一个“成功者”的目标而去？房子、妻子、女儿、儿子、车子……这些成功的配件收齐之后，旁人看他的眼光都不一样了。可配件再全，也装不满那空荡荡，像前胸到后背直接穿透了一个拳头大小的洞穴，风一吹过，凉飕飕不说，还带着某种不易描述的刺痛与酸麻。他并不是没事就要斜眼看天空跨步越山丘的文艺男，没那么多莫名忧伤，可最近，这种空荡荡来势凶猛，他拙于言辞，只能暗地里一杯一杯灌冰啤——酒灌进去了，空并没填满，而变成酸腐的空。

得怪这次疫情吗？随着国内疫情趋缓，起初的难熬已经过去，他现在忙，也正说明业务有起色，收入并没有比去年少太多；可这情绪，确实是在疫情之后才在他身上出现的——准确地说，这种情绪是第一次在他身上出现，是他这个理工男身上极为罕见的玩意儿。他有时如考古般挖掘这情绪的起源，发现它第一次出现，是春节后返城时。其时元宵没过，春节前开始的疫情，正是最严峻的时候。按理说春节假期已完，往年早是返岗日，可瞧这状况，尚不知何日才能开工。妻儿就都先留在乡下老家，他率先驱车回省城，看到了此前从未见过的城市：店铺紧闭门窗，车辆稀稀拉拉，行人绝迹，偶有一个人出现，口罩也未能遮挡住其目光的空茫和脚步的混乱；最吓人的则是公交车，司机驾驶着一辆辆空车，好像上头坐着的全是幽灵。他只在路边停靠了半分钟，便觉手脚发冷，压不住的颤抖从肌肉的深层冒出，这种恐惧无边无际——他好像成了这场疫情中最后的幸存者。

从中学起就只对数学、化学、生物等课程感兴趣的他，涌出一种抒情的冲动，千般情绪拥堵在心头，可他嘴巴轻颤，一个字也发不出。他对自己很失望，以往在电影电视剧中，看到那些长袍古人摇头晃脑地吟诗他就笑，有什么事情需要念这些鬼话来解决？可现在，他感觉自己特别需要这么一两句“鬼话”，才能把侵入体内的恐怖驱赶走，让自己回归正常。可是，他唇动而无语，唇动而不能语，他没法不觉得自己无能——想不到，活到这个年纪，倒成了会说话却没法表达的哑巴。

疫情期间的真假消息如浪潮翻滚。天天刷着手机屏幕，那死寂街道的画面不断在他眼前重播……猛地发现，他体内的那空荡荡突兀地站在一旁冷笑，驱逐不散。他也是有自己的秘密的，所谓秘密，是相对妻子而言的——在最要好的那个朋友群里，他倒是没怎么避讳，有时甚至会发一两张照片来炫耀。那是一个女子的照片，他含含糊糊说过，是他的一个客户，赶工之时，会半夜给她备货，天晚了，不免多喝两杯，不免就……对了，他是一个印刷厂的副经理，专营各种包装纸箱的印制，那女子则经营水果批发的生意，荔枝上市卖荔枝、橙子上市卖橙子，需要的纸箱全在他厂里印。厂里的印刷油墨刺鼻得很，可为什么印荔枝箱子的时候他觉得那女子身上有荔枝味，印橙子箱子时闻到她身上藏着橙子味？

他发在群里的照片，从不出现正脸，多是她侧脸喝饮料的照片，灯光暗淡，暧昧的气息翻滚，要清晰辨认却又不容易，在这点上，他还是有点防备之心。照片一出现，群里的朋友们便开始泛起柠檬般酸涩的调侃，比如说：“你还有力气站直？”“你现在就是个破气球，漏气又发软……”他也不多说，只以保留悬念的方式，撩动那群人失控的想象，真正的细节，他是不会说的，那是独属于他的秘密。新冠疫情最严重之时，人人都闭门禁足，他和她自然也没有了任何往来，有时想起往日的相聚，也只能用眼下的现实来给自己浇灌冷水：酒店也还没法开门呢，真开门了，是不是还得戴着口罩见面？真见面了，怎么证明她身上没有带着凶狠的病毒？……这种种的猜疑，会把他所有的激情熄灭在与她联系的冲动之前，偶尔想起她身上的荔枝味、橙子味，记忆迷蒙千里外，面貌陌生万年前。

倒是在和妻子的朝夕相对里，他觉察到了某种异样。和妻子是怎么相识的？他有些迷糊。结婚，女儿出生，儿子出生，女儿上学……一切都被分割了，他和妻子变得好像对彼此可有可无，没事绝不联系，通了电话，十几秒把时间、地点、事件交代完，便立即挂掉。疫情防控最严厉的那段时间，在家里朝夕相对，等到女儿、儿子睡着，他和妻子大眼瞪小眼，两人便靠在一起——大半个月内，他们就把以往一年的任务都完成了，这是他大学时代才可能有的体力和兴趣啊。他甚至在靠近她的时候重新找到了某种紧张感，可问题是，当两人浓情蜜意，需要说点什么来抒情、感慨或玩笑一下的时候，他还是欲张口而忘言——乂失语了。妻了感觉到了他的不对，却不清楚这不对从何而来，也不明白为什么他会有沮丧感，为什么她自己好像也有些挫败。

他看过不少科幻片，作为一个理工科出身的人，这是他最爱的电影类型，可他不是爱科幻片的故事，而是要在这些电影里找硬伤——可真回想起来，他记住了几个所谓科学上的漏洞呢？他倒是常常想起那些电影中大浩劫后的满眼废墟，那几乎毁尽的世界，让人唏嘘。他在春节后返城见到的景象，多么像那些电影上的画面啊，当时他就是一个被抛进影像世界的幸存者，是不是也有无数观众的目光，正在另外的银幕上注视着他，等待他重新让世界开启或陷入无望的挣扎？好吧，他认可了这个角色，那台词呢？命运剧本的背后，那把脸藏在深色口罩后、消失无踪的编剧，给他准备了一句什么样的台词？

疫情发生后，复工复产的行业里，印刷算是恢复得比较早的，尤其是那些印期刊的厂子，积压的刊期需要消化，反而会比往年要忙。而作为主要印刷包装纸箱的厂子，速度则没有那么快，别的产业只要停滞着，包装纸箱的需求量就没那么大，他们就没活干。但总算是慢慢恢复了，他比往年更忙。有好几回，他把手机调成飞行模式，驱车离开市区，想往中部的山区钻，想在一个小旅馆里，睡个昏天暗地，直到时间尽头。其中一次，是傍晚，落日泛红，把云烧成浓烈的金黄色，他心想，在此时，确实是需要有诗人的，只有诗人才能用他们的鬼话，描绘这鬼一般的景象。把车停下，他走入路边一片茂密的茅草丛中，总算艰难地想起了某些画面，可以对应眼前的场景：在所有的古装剧里，人们都需要这么一片随风起伏的茅草，茅草起伏摆荡，萧瑟感、荒凉味就出来了。那些旧电影里的画面和眼前的画面重叠、重叠，好像茅草的背后，随时还会闪动刀光和剑影——他有些兴奋，好像他在此时终于变成了一个可以说出“鬼话”的诗人，可以将这莫可名状的世间万物，一一命名。这兴奋，让他没有沿着路一直把车往前开，而是到下一个出口往回拐，再次回到灯火辉煌的城市。眼前的喧闹之地，和带给他无限烦恼的空荡荡之城，是同一座吗？

各省派人、遣物支援疫情最严重的武汉之时，他在朋友圈里看到被他经常拿出来炫耀的女客户，正张罗着一卡车瓜菜，驰援武汉。她晒着瓜菜收购点的图片、农家田地里的图片、瓜菜装车的图片……他又开始恍惚了，她身上，除了荔枝味、橙子味，莫非还有辣椒味青瓜味芥菜味？他给她发了一条语音：“你们送瓜菜去武汉，需不需要纸箱？需要的话，我个人赞助了。”并没有收到回复。她仍然在更新着朋友圈，她和几个一块上路的司机拉起横幅：“琼鄂一家，武汉加油。”口罩遮脸，他只能从她的眼睛，猜测她口罩下的表情：嘴角是上扬还是下压？唇线如何起伏？两腮是缩小还是胀起？即便把照片放大也看不太清，他只感觉到陌生，口罩让一切都太过遥远。这仅露出目光的脸，和他多次在昏暗中所见、所闻、所抚、所贴近、所沉迷的……真是同一个？当妻子变成生活里的盲区，那荔枝和橙子的气息，就成了他所有的惊喜。两天后，他收到了她的文字回复：“纸箱有了。谢谢。太忙，没听语音，没注意到。”为这句话，他也想了两个小时，想不到合适的回答，最终也没回。那之后，她几乎消失在朋友圈里，一两个月没有更新，他有时会想象，会不会她驰援武汉后，被病毒袭击，隔离治疗了？他装作若无其事，辗转通过一些认识的人，打听她的消息，被问到的人，都回说不知。也就是说，对他来讲，她忽然从这个世界上消失了。翻看手机相册里设密码暗藏着的几张相片，怎么会那么陌生？真的有过这个人？

他手指一抖，把那几张照片全删了。他拨打过她的电话，电话倒是通的，却从没人接，好像是拨往茫茫夜空和辽远前世。

他的工作不外乎几件事：和客户谈纸箱的大小、设计、数量、价格、交货时间、付款时间、签署合同……一切谈定后，给厂里下单开工，然后安排送货。他是一个随波逐流的人，没有多大野心，更没有拯救世界的崇高理想和信念。高考填报志愿，随手填个“服从”，就去了个“印刷工程”专业，毕业后在外省一个中专当过一段时间老师，后来因环境不熟匆匆辞掉，返回省内从事印刷工作。该结婚时结婚，该买房时买房，该二胎时二胎，到了最可能有外遇的年纪他闻到了荔枝味、橙子味……他害怕平缓河流下的溢出，害怕所有不期而遇的意外——比如那一次返城遇到的末世般的空荡荡街景。他讨厌艺术的乱涂，热爱数学的推演，可他没办法推演出自己怎么就被一次空荡荡的街景所改变，此前顺理成章的生活忽然全都位移、变形、坍塌——就连抽一根烟，他也会产生疑惑，这烟怎么是这味道？它怎么变得这么酸苦？莫非，连味觉也被彻底篡改？

他是技术出身，对纸张、油墨和印刷的精准度都有自己的要求，厂里几乎所有出去的箱子，他都亲自核对每个环节。在他老板看来，这有点鸡蛋里挑骨头的意思，毕竟，纸箱的印刷容错率高，不像书籍要求那么精细，客户也多是大老粗，不会拿着放大镜，盘算字体颜色和线条曲直。可他过不了自己那关，他晚上回家比较晚，多是因为在谈完业务后，他总会返回厂里抽检当天的纸箱。这是独属于他一个人的快乐，他没法跟别人交流油墨调色中的细微变化影响最终呈现的技术问题，他只是在看出问题后，用印刷工人听得懂的话，交代他们做出调整。他的烟总是在此时抽得最猛。厂里满是纸张和油墨，严禁烟火，他得走出厂房，走到街边，听着厂里印刷机的鸣唱，灯光不歇——他在此时最安逸，所有心事全飞走的安逸。如果兴起，他就驱车五十公里，离开省城，在高速路上驰骋，回到以前上学的小镇，找到那家数十年从没变过的宵夜摊，在那里安静地吃一碗炒粉。疫情最严重的时候，小镇上的人好像也若无其事，口罩也没戴——因为实在买不到，只是逛街的人少了，店铺也不让开。疫情趋缓后，小镇回到了以前的生活，所有该摆到街边的都摆了出来。他安安静静地吃炒粉，喝两碗附送的酸菜汤，如果胃口好，他会再点一碗粉汤。那味道让他不断重返少年。他在省城寻不到这味道，还不能跟别人说，会被认为矫情。他只能在某些夜晚悄悄回来，心满意足后再悄然离开——如果这个世界最后崩塌于病毒，这小镇也仍能倔强地活着吧？这是世界之外的世界，是独立于那易碎花瓶般的世界之外的钢铁之乡，被记忆多重包裹，不会被摧毁。

接连三晚梦到那空荡荡的街头之后，他不得不正视自己身体的反应了。他得回想这三天到底去了哪：大前天，他从深圳返回，结束了两天的短暂差旅。这一趟，他去深圳的一个印刷厂考察，他们厂里准备购置深圳那家厂的二手机器。新款印刷机价格高得吓死人，省内的厂子，往往只能到深圳去，购置那里升级换代后闲置的二手机器。机场检查健康码和测体温，貌似严阵以待，其实却宽松得很，健康码列出来的选项都是自己填，真“不健康”了，恐怕也看不出来。那天飞机晚点，他在飞机上多坐了一个小时，封闭的空间里，是不是有什么在悄悄地传播了？前天，跟老板汇报了考察结果，老板还在斟酌，他便急匆匆去一家老爸茶馆见一个客户，那是一个品牌地瓜的老板，生意做得大，口碑却不好，地瓜老板要的箱子量很大，却说要欠一段时间费用，他还没立刻应承下这单生意。当时茶馆里人来人往，几乎有两百多人，那喧闹的场所里，无人佩戴口罩。昨天，一大早，他就跟着厂里的送货车，把三万个椰汁的纸箱，送往省内一家生产椰汁的大工厂。椰汁厂里人也不少，进进出出，抢着卸货……这三个地方，哪里最有可能是传染源呢？目前，省内病例明明早就绝迹了啊，国内偶尔出现的病例，也全是国外输入的，不太可能会传到他身上啊。况且这三个地方都没有出现任何感染者的新闻，连无症状感染者也没有，按道理来说，他是不可能被传染上的——可谁又能拍着胸脯保证呢？他会不会成为这些地方第一个被发现的感染者？谁能保证那些不可见、不可闻、不可听的病毒，没有在暗中张开獠牙，朝他扑来？更何况，发热、乏力、干咳等迹象已经在他身上出现——在家里，他只能极力忍着，实在憋不住了，就走到门口去咳嗽。他不断回想：不是在深圳机场逗留过吗？在机场内他不是还把口罩拉下，挂在下巴上吗？会不会在那时，病毒已经发起攻势？在机场里上厕所，手倒是洗了，可那些厕所的门把上，谁敢保证是干净的？这些念头一冒出，他就后悔自己在外面太马大哈了，是不是还把病毒带回家里了？这三天来，家里人倒没有任何异样，可是……现在，浑身瘫软，干咳不断，却又是他身上实实在在的症状。不能再在家里待着了，他得立即隔离。

他查了一下核酸检测的流程，并不复杂，他准备明天去做，今晚是不能待在家里了。他带上几套衣服，立即去地下室开车。他给妻子打了个电话，妻子说："你刚刚还在，去哪了？"

"我得躲躲。"

"躲？躲什么？有人追债？"

"我说了你别害怕。你今晚带女儿、儿子到外面住一下酒店，家里别待了，我怕我这两天都在家，家里已经不干净了。我准备明天去做一下核酸检测，结果出来之前，你们别待家里了。"

"你是不是有妄想症？现在国内状况这么好，你就是真想得，到哪去感染啊！你是不是今晚出去见小情人，找个借口躲我啊？"

"我没心思开玩笑。要笑我，等做核酸检测结果出来你再笑。

你先带他们出去，安全第一。我今晚哪也不去了，万一真有了，祸害别人。我就开着车，在车上待着。”

“你真要做检测，晚上是不是也可以做？”

“晚上也可以？”他有些愣了，竟没想到这一点，只能说，“还是安全第一，你先把孩子们带出去。告知你结果前，先别回去了。”

隔着手机屏幕，他好像听到了妻子的苦笑。妻子沉默了好久，长叹一声：“你别做什么检测了，关掉手机，找个地方，好好睡个安稳觉，明天起来，什么都好了。明天也刚好周末，不用急着上班，你好好睡。”后面夹杂着几声杂音，他挂了电话好一阵，才醒悟过来，那是妻子的抽泣声？他拍拍自己的脸，想让自己清醒过来。自己身上的发热、乏力和干咳，莫非只是身体对他多日忙乱提出的警告？叮咚一声，微信有语音信息过来，是妻子的，她说：“你就是累的，别把车开太远。”他反复听，她就反复说，就像他所在的印刷厂，机器开着，油墨未完，不断塞纸，文字和图案就可以不断重复出现，一遍又一遍。

“你就是累的，别把车开太远。”

“你就是累的，别把车开太远。”

“你就是累的，别把车开太远。”

……

车出了小区，到哪去呢？先不管，第一件事是把口罩戴上，若自己真的有了病毒，不能让它传开去。车里还有几瓶矿泉水，撑到明天问题不大，吃的要不要买？可吃啥呢？干咳到嗓子冒火、撕裂，能灌进去的，也就稀粥了。他在家给自己测过体温，37.7 摄氏度，而此前他已经二十多年没有发过烧了，无论感冒到什么程度，体温就是上不去。别说酒店大堂一般都会测一测体温才允许入住，就算不测，他浑水摸鱼住进去了，万一真染上病毒了，也不能住进去祸害别人吧！他想给老板打个电话，好歹知会一声，让老板有点心理准备，可要怎么说呢？拨号后，他迅速掐断电话。像往日一样，回小镇上，再来一份炒粉两碗酸菜汤吗？那个宵夜摊上传开的香味，是多少夜归人的导航仪。不行，炒粉的老曾，快七十岁的人了，断断续续吃了老曾三十年的粉，怎么能回去害他？回老家村里吗？还是算了，传染不传染倒还好说，母亲若是听到这消息，恐怕得丢半条命。辗转一圈，哪儿都去不了，在此时，便显现出有第二套房的好处了——若是另有一个房子让他藏身，就天下太平。可是没有啊。算了，就把这辆车当作房子吧，还好，油箱是满的，不然去加油站，会不会传给加油的小哥小妹？打电话总不会传染吧？他不自觉拨了那个消失已久的女客户的电话，响了二十秒之后，竟然通了。

“老板，发财啊！”是她的声音，熟悉，也陌生——声音熟悉，语调陌生。

“发财，发财。好久不见。”他试图把客套话扭到两人的私人领域。

“是啊，这大半年不见了，你业务还行？”

“倒还能活，就是没你照应了。这大半年你失踪了？生意也不做了？”

“唉，不能只顾赚钱嘛。你还记得我元宵节前送了一车瓜菜去武汉吗？”

“记得，我还准备赞助你纸箱。”

“那次看到武汉的街景，回来后，我就想通了，不能再这样了，整天忙得不像人。”

“然后呢……？”

“然后？我结婚了，生意暂时搁一搁吧。对了，我这几个月哪也没去，就是烦了，腻了，手机都不拿了，在安胎呢，怀了五个月了……”

“……祝贺祝贺……祝贺……”他只能说出这一句话，不然能说啥呢？他倒也没有因为她结婚和怀孕而有什么失落，像是奋力抱着的一块大石头落地了，而且并没有砸到脚上，他松了一口气。毕竟，和她在一块的若干天里，两人从来不谈生活上的事，除了生意上的照应，也给不了对方任何东西；他只是好奇：驰援武汉时，她到底见到了什么样的场景，瞬间改变了她的心性？在他的记忆里，除了两人忘情之时，其他时刻她都是很强势的，甚至在两人干柴烈火之时，她也强势，她要主宰，要掌控，她比他更主动。每一回，都是她开好房间，让他过来，事后，她的逐客令也毫不委婉：“就这样吧。”他便起身离开，像一团被用过的卫生纸。可她终究被武汉的街景改变，像他被省城的街景所改变一样。他身体出现的染病的迹象，看来不能和她说了——事实上，她挂电话很干脆，总不能再拨回去强迫她听吧？

真的无处可去，也无人聆听了。他只能驱车出城，走到哪算哪。城市的灯光渐次落在身后，眼前越来越暗淡，不知不觉又上了高速。一上高速，在下一个可以驶出的路口之前，他只能像水管里的水，被胁迫着往前流。那就往前开吧，眼前的路延伸到世界尽头，路上的车你追我赶，渐渐地，车少了些，好一会儿才有超车的从左侧滑过去。他喉咙发痒，咳嗽开始了就再也停不下，后一声咳嗽追赶前一声，拍死前一声，连绵不绝。力气像皮球里的气从某个破孔里泻出，身上所剩无几。而额头，不用摸也知道，就像此时车头的发动机，烫得头发都快卷了……不行，再开下去肯定得出车祸。他慢慢减速，把车停在应急车道内，打开了报警灯，一闪一闪，在黑夜里，让人紧张。

时已入秋，这热带岛屿上还没看到变凉的迹象，可这高速公路延伸到的旷野之处，呼啸的夜风还是带着夏日里不会出现的凉意。他昏昏沉沉，再次想到那次入城时见到的一片空荡荡，那空荡荡和眼前的空荡荡好像一样，又完全不一样。眼前星垂平野，天地辽远，他却被肉眼无法看到的病毒所侵扰——无论有没有正式攻击到他身上，这病毒都已经以某种方式，在他心里停驻了至少大半年。眼下不过是它们开始肆虐的时刻。他知道，只要自己还没像一个诗人一样，说出一两句驱邪咒语般的鬼话，那空荡荡的梦魇便永远会在他身上流连。好吧，今晚就停在这里吧，好好把这句话想一想，他读的书是少，说不出动人的话，可花一晚的时间，总想得出来吧？

手机响了，是妻子的号码，他知道，即将说话的，不是妻子，是女儿——这是女儿询问他的时间。他接了，女儿说："爸爸，你什么时候回来啊？"他像往常一样，说："你先睡觉，爸爸一会儿就回来了。"这话说完，他却恐惧得浑身发抖——因为他的嘴巴在动，气息流窜，可并没有任何声音出来。他竭力再说一遍，还是没有任何声音。他站在远远没到下一个出口的高速路应急车道上，不清楚此时消失的是自己的听力还是嗓音。路边的杂草荡漾不歇，被来历不明的夜风驱逐，犹如潮汐被遥远而孤独的月亮所掌控。此时，有光无端而来无端而逝，拥堵在他心口大半年的那句话终于突破言语的堤坝，从他的嘴角奔腾而出。

这句话，即便别人把耳朵凑近他唇边也听不到，可他自己，听到了。

# 骤停时刻

全黑了，一瞬间整个小区被黑色笼罩。此前但凡停电，总有通知，即使不看门卫那里，业主群、租房群里传着传着，也就看到了；可此时，忽然就黑了，分明听到了小区里哇哇叫的声音堆叠到一起。温少蔚想到前些时候，在网上看到的消息，全国到处都有骤然停电，可……这里毕竟不是偏远地区……这是京城啊，或许，纯粹是意外的巧合；或许，只是本小区遇上了，别的小区仍旧灯火闪耀。会不会是接入小区的变压器坏了？想到“变压器”，温少蔚就想笑，很多年里，他的工作，就是随车把公司生产的变压器送往全国各地，他因此见过最热闹的街市，也走过最偏远的戈壁。是的，那些日子好像刚刚过去，转念一想又有好些年了，最近五六年，他都在北京的办公室坐着，远离了那些随车颠簸的日子。

黑色突袭的刹那让温少蔚觉得陌生——多久没有这种经历了？

睁着眼睛却只看到一片黑。说是陌生，却又不是，他穿越万水千山，穿越二十多年的辰光，直到村子外头那片林子里的黑被摆放到了眼前，才明白这种黑是旧相识——月光从枝叶的缝隙进来，林子里是细碎的银和细碎的梦。可那时哪懂得欣赏这样的梦呢，而只会担心从黑色里窜出来某个黑影或鬼怪。京城里，黑是奢侈品，从现实中消失，从记忆里退场，月色和星光是不归人，永远辞别了这里的天空。若是拉开窗帘，外头还是有光渗透进来的——别的小区还亮着，夜空是灰的。

他没有拉开窗帘，斜靠在床边，把黑像一件膨胀的外衣穿在身上。手机里当然还残存一些电，能撑多久不好说。手指划过手机上的便签App，随手点开，看到了不知道什么时候摁下的句子：

一大早醒来，阳光已远离尘嚣
树枝的露水显露着爱欲的蒸发
通往幸福的小路被野草覆盖
城东屋檐之上，仅剩秋蝉之云
……

手机屏幕的光也如此刺眼，他扫一眼，便把手机锁屏了。他在床上摸到了那个伴随自己多年的iPod classic，这是那款产品的最后一代——在手机已然无所不能的今天，这音乐播放器几乎是被自家公司的手机杀死的——160G的播放器里，存放了他要听的所有歌，是的，到了他这个年纪，新的流行音乐已没法进入耳朵，他只能让旧曲一遍遍响起。他没法想象要是这个播放器坏了，自己本就匮乏的业余时间会单调成啥样。现在手机上有各种音乐App、各种流媒体，可歌曲在流媒体上就相当于在人家的仓库里，和那种存储在传统播放器里的拥有感是完全不一样的——那是一种握在手中的踏实感，是属于自己的东西。他有时也会想，或许，当年对磁带、对CD饱含深情的人，也会对这被称为MP3的播放器有不安全感，毕竟，一个个可以看得到摸得着的磁带、CD被完全无形、无味的数据给取代了。没办法，上一代人，总是对新的冲击饱含警惕与拒绝。这些年里，他最奢侈的消费就是入手了几款价格不菲的头戴式耳机，这是他这个渐入中年的男人对自己的最私密的温柔。当耳机包裹，他的某些记忆得以重启。此时，一片漆黑，音乐声像水一般包裹着他。

早些年，他听音乐多是在路上、在大卡车副驾驶的玻璃窗内，目光空洞地望着外面变换的风景，他像一个亡命江湖的浪子，自称“镖师”。公司里，刚入职的年轻人，都得有那么几年这样的日子，把变压器押送到全国各地。那时年轻，他并不排斥甚至有些向往这样的日子，每天跟司机闲聊，或者听自己的歌，看车窗外的烟尘滚滚。有时，司机停车休息，四望全无人烟，他有返回远古的错觉。温少蔚想用自己的话写下那种空荡和无望，却很难找出一句比“长河落日圆”更合适的句子。后来他不愿承认，也一直在逃避，可他有时仍会被一个一闪而过的念头所捕获：他把当下的日子过成这样，就是那些漂荡的日子埋下的根。

套上头戴式耳机，手指在古董般的 iPod 上划过，那是真实的触感，和手机屏幕上的那种滑动不一样，当指尖传来一种磨砂的触感，耳边的音乐声即刻响起。是香港的老歌，是情歌，是少年时的听觉残留，多情的粤语包裹着他出门。这是老小区，没电梯，楼层也不高，手机残弱的光陪着他出门。他租住的是一个单间，也是这两年才升级的；前些年都是和别人合租，永远不知道另外一间房里住的是什么人。合租持续多年，他时常在半夜被隔壁房间的异样声音吵醒。那时，他所感到的倒不是欲望的煎熬，而是一种彻骨的无助，那种孤独特别伤人。那时，他一年有将近三百天都在外面跟车，租单间又贵又无用。曾有同事跟他算过账，说他两次出差的间隙才待在北京，还不如在公司旁边住酒店呢；他也未必没这样考虑过，但即使再素简、再断舍离，他也还是有不少衣物、日用品需要存放，哪有那么潇洒。再说了，本来已经是北漂了，倘若连一个固定住所也没有，那不更显得无所寄托？公司不断招进来更多年轻人之后，他的工作重心就留在本部了，他开始租住单间。对他来讲，独处的孤独比合住的孤独更容易接受一些。

楼梯里永远有一些不知道从哪传来的霉味。霉味变轻时，他已站在了楼下。小区多栋楼都暗着，他往门外走，眼前渐渐亮起来。是的，只有他住的小区停了电，也许哪个地方的线路烧了，很快就会好的——他长长舒一口气。他并没有转身上楼，而是往更亮的地方走去。音乐在耳边缭绕，这首粤语歌的演唱者发声有些奇怪，曲曲折折，让人永远听不出在唱什么，可这就够了，他要的只是背景音乐，是有一个声音在耳边盘旋，以免自己陷入一种伤人的寂静。出小区门口，往右，沿着长街——这街道是没有尽头的。

没走几步，他就看到了树边有一个人影。夜色中只能看到一团黑影，可就是这黑影，给人很多想象。他把耳机从耳边移开，挂在脖子上，歌声暂停了。他听到了那团黑影的抽泣声，那是一个女孩子，正在抱着一棵路边的树在哭，或许，在她哭之前，还吐过？他早已过了一旦见到身形好看的女孩就脑补很多画面的年纪，上前问联系方式的冲动也已很久没在他身上出现了。可他并没有立即走开，而是隔着七八米，看着对方。夜风让寒凉汹涌起来，他感到难过，那应该是多么好看的一个人啊，可她也只能无助地把哭声洒在夜风中。小区较为偏僻，周围并没有饭馆之类的，或许，她是打车来的——那么，她也住在这里？

他涌起上前问一问的冲动，但也只是内心一动而已，他仍然站着没动，远远看着，他知道，即使是这样看，也极为不礼貌，可他并没有走开。就在这时，他的手机响了，一看，是母亲的电话，翻山越海，从海南打来的。手机电量所剩无几，却也只能接。

“天气冷了吧？”母亲说，无论哪个季节，她开口永远是这一句。一辈子从未走出那个热带岛屿的她，对北方的想象就是冷，就是冰天雪地，就是……他说：“是的，比海南最冷的时候还冷。”其实也还好，长长的羽绒服套着，体感比不上想象冷。母亲说：“你爸，好多了……”他说：“那就好。”两周前父亲忽然说头晕，母亲电话打来后，他急忙给弟弟打了电话，了解完大概情况，立即给弟弟转了三千块过去，让弟弟带父亲去医院看看。他不怎么敢跟弟弟通话，害怕从弟弟的语气里听出什么弦外之音。是的，大学毕业十多年了，从毕业起，他就在北京工作，除了春节，他基本上不会出现在老家，即使回去过年，他也是忙着跟旧日同学见面，很少有跟父母好好坐下来的时候，而其实，他并非真的跟那些同学有什么好聊的，只不过是不敢跟父母亲面对面而已。他们即使什么都不说，眼神也会问：“难道你真的不回海南了？”他哪里能够面对这种发问呢？他甚至觉得弟弟看他的眼神也越来越讥讽。他能做的，就是到了需要出钱的时候，能够包的，他尽量给包了。他以这种方式来尽自己的责任，或者说来减少自责。

弟弟带父亲去检查了一番后，说没什么大碍，估计是近几年酒喝得多了一些，血管硬化，脑子供氧不足，已经在打针了。他又转了一个红包过去，弟弟没接，第二天，弟弟回复：够了。此时，母亲的声音里，好像有很多话想说又不知从何说起的感觉。2020年春节期间，疫情暴发，他和妻子从长沙带着女儿回去过年，待得极不习惯，他和妻子暗地里爆发了多次争吵。后来，在大年初七，他们就冒险飞回长沙，不久后他回到北京。那天在老家，妻子不管网上关于疫情的传闻，执意订了飞机票，他口干舌燥，反对无效，悄然到祖屋站了许久，没人知道他口中念念有词，到底说了些什么。2021年春节，他没带妻女回老家，一年里疫情不时反复，转眼又到了冬天，他已经快两年没见到父母了。他有些出神，没听到母亲在讲什么。他说："妈，今年我会回去过年。"那边沉默了好久，他说："妈，我这边停电了，手机快没电了，先这样，有什么事，让弟弟跟我说。"

他率先挂了，剩余电量已不足百分之五，这是一个让人极为焦虑的数字，电池以红色的标志提出警告。从什么时候开始的，连电量显示都能控制他的情绪了？他只能把注意力放到眼前那个女孩的身影上——是的，女孩，好像这个说法天然带着某种故事性——此时，女孩的抽泣停止了。他想，她是在等着他上前吗？他又为自己冒出这样的想法可笑，一个人生活久了，异性的每个动作都是一种暗示，异性的每次呼吸都像一首情诗。那女孩子显然也感觉到他的存在了，回头看了看，虽有路灯，可看不到她脸上的表情，更看不到眼神。一切都在阴影里。女孩可能感觉到他并没有什么攻击性，也并没有什么需要警惕的行为，又或许，这里距离小区门口不过三十米，那里永远有两位保安执勤，带给她安全感。

她甚至先开口说话了："你还在？"声音像在一个空旷的广场里，飘忽，回荡，好像风能把其刮远。

"我？"他回道。

"你不是回去了吗？"

——她是把他当成别的人了吗？

他说："小区停电，我刚下楼。你认错人了吧？"

"认错人？那你还盯着我看？"

"不好意思，我走了。你没事吧？"

"你在听什么歌？"

"……"他回答不上来，这首粤语歌，他熟悉它的旋律，却听不清任何一句词。

她竟然迈步向他走过来，他想往后退，但只退一步便停住了，期待着她的靠近。她再走三步，他闻到了她身上的酒味。他闻不出那是什么酒，一个人无论灌下的是几块钱一瓶的啤酒还是好几千的白酒，在外人闻起来都一个样——尤其是当其可能刚刚吐过的时候。她说："我听听……"可她连路都走不直了，总像要摔倒。她说："你不是……"靠近之后，她才发现真认错人了，也就停住，却也没往后退，悬在那儿。他也陷入了尴尬之中，不敢贸然往前，可又不舍得后退，不舍得斩断一个故事往前发展的可能。视频通话的铃声响起，他不看手机屏幕也知道是谁，每晚这个时间，妻子都会跟他视频，让两岁的女儿跟他见见面。他接了，妻子抱着女儿出现在屏幕上，而他这边则是一片漆黑。

"来，叫爸爸。"妻子的声音传来了。

"黑……没有爸爸……"

"你那边怎么了？"妻子问。

"哦，今天小区停电，一片黑。我下楼了，正在小区门口呢，外头也是黑的……我找个路灯。"

"来，跟爸爸拜拜……"

"爸爸……看不到……"

他走到一盏路灯下，灯光昏暗，他的脸灰乎乎地出现在屏幕上，女儿开始鼓掌。他有点心酸，女儿长到这么大，他真正陪伴的时间不超过三个月；这当然也意味着，他跟妻子聚少离多。他最愧对的人，当然是妻子，可有时就是这样，一边愧疚，一边被生活催迫，不知如何改变。他在长沙读大学，毕业后公司直接到学校招人，他就来了北京，之后就一直没换过工作，只是在公司内升迁和变动岗位。结婚也是一时冲动，他和妻子之前就认识，她一直在长沙，两人就开始了异地网恋，有一次他飞去长沙和她把证给领了，然后她仍在长沙自己家里住着，他也仍在北京与人合租。前两年，女儿出生后不久，他在长沙买了房，装修之后，也没住过几天。女儿都是妻子一个人带，他还是孤家寡人的模样。他的老家在海南，妻子和房子在长沙，人却在北京工作，想想就荒谬——可他就是没胆量去打破这种荒谬。他已经在舒适区里待太久，不敢有任何变化。家人、朋友，包括他自己，都知道这种长期分居肯定要出大乱子，可他仍旧拒绝主动改变，在真正的外力推动他之前，他不敢想象在这个公司好不容易熬十几年熬到中层，换个地方从零开始会是个什么模样。

屏幕里妻子的脸仅仅是小小的一块，可他感觉到她神色悲伤，她说："这时间了，外头冷，没电了就蒙头睡觉呗，你还在外头晃……"她想象过他的不易，想象过他备受欲念煎熬的样子，可……算了，一往深里想，这日子就没法过了。她说："宝贝，跟爸爸拜拜。"他朝手机挥手。女儿闹："我要……爸爸……爸抱抱……"他的神色也开始不对，悲伤之潮上涌。妻子收拾了一下语气，说："你也别晃了。明天再说。给你手机省点电。"那边立即挂断了，在两人交往中，妻子往往是斩钉截铁的那个，他永远是犹豫不决的，要不，他怎么会这么多年也不下定决心破釜沉舟？他甚至幻想过很多次，今后的某一天，妻子如果决定了，会直接发给他一张离婚协议书让他签名。他觉得自己在一天天逼近那一刻，也觉得自己在不断挑战家里每个人的极限，而他……他只能这样，熬一天算一天，等那天来了再说吧。

百分之二——连手机剩余电量也在挑战他。此时，他反而定下心来，与母亲和妻子的例行联系任务都完成了，现在有了一种爱咋咋地的自由。手机塞到羽绒服的口袋里，他继续看着眼前的那个女孩，刚刚通电话时，她一直在旁边看着，好像在等着他。

他问："你住这小区？"

"你见过我？"

"没印象。"

"那你怎么知道我住这？"

"我看你像刚下车的样了，不是住这，住哪？"

"喝多了，车一绕，我下来就吐了。"

"闻得出来。"他忍不住笑，"对了，小区停电了，全是黑的。"

她抬头看了看小区，呆呆愣愣。温少蔚知道，这表情，只属于和自己一样的租房之人。他涌起一股同病相怜之感，注视着她的脸，昏暗的夜色让那张脸无比柔美——其实是看不太清的，可正是这不清楚，让她的脸华美又憔悴。或许是盯得太入神，她有点不好意思，从口袋里掏出一个口罩戴上。温少蔚想缓和一下气氛，掏出手机，用残余的电量打开行程码，刚要把手机屏幕展给她看，她就说："刚刚看你视频，都有老婆孩子的人了，还这么直接吗？谁要加你微信？"他更加尴尬了："我是想告诉你，这是绿码。"她哼哼一声："确实够绿的。"他伸出的手更不知道怎么收回了，停滞在半空。就在此时，手机响起提示音，彻底黑屏了。他暗暗苦笑，手机用上一段时间，电池也不经用了，他笑了笑："没电了，你想加，也加不了了。"

这句话一出，她猛地往前跨一步，站在了他眼前。被口罩遮住的脸，在他的自动脑补中，更加动人，而那双没有被遮住的眼睛也因此更迷离而醉人。她的靠近，几乎是在一瞬间，让他有点猝不及防。是不是口罩在遮挡口鼻的同时，遮住了嘴角的变化和脸部的表情，也因此让人释放出某种不管不顾的勇气？她是不是在想，反正戴着口罩，认不得，所以管他呢……他脑子有点空白，常年和妻子分居两地，他很多时候被欲念折磨得难以排遣，但在这方面，他自认是一个有自制力的人——即使有时快要决堤，细细分析做某些事所需要的成本与代价后，他也就给自己浇灌了凉水，彻底清醒。

他下意识地也掏出一个口罩，给自己戴上——他甚至在心里快速闪过一个念头，如果真要发生什么电光火石的事，那是不是也得提前看看她的绿码？他想起那些年当"镖师"的情形，荒无人烟，长风吹彻，有一种亘古的孤独，这种孤独刻进到骨子里之后，他就很难适应真正的家庭生活了。是的，他并不是一个前卫与激烈的人，可他好像完全没法变成一个零件，跟妻儿一块组成一个稳固的结构——这也是他这些年没有回老家海南或去湖南与妻子团聚的原因。在一个既定轨道里往前滑，直至冲垮一切的外力出现。他想象过很多次那个画面：妻子在忍受到极点之后，在某一个独自带娃彻底崩溃的时刻，提出终结这段关系。他还忽然想起自己写的句子：

乡愁的铁蹄已连绵数日

在蓝天遥远的心愿中踏响，腐烂

口罩戴上之后，他觉得自己犹如古时的大盗，穿上了夜行衣和面罩，胆子也大了起来。他伸出双臂，把眼前这个人抱住了。她并没有挣扎，她也期待着这一刻，她把脸压在他的肩膀处，羽绒服有着动人的柔软度。她是在抽泣吗？那会在羽绒服上染湿一片吗？她把头抬起，两人眼睛对视，她眼眶周围发红。如果……如果……不管任何时候，在这样的场景下，温少蔚觉得自己都会吻下去——就算面对的，是一个没那么好看的人。可此时，不行，她足够好看，足够动人心魄，可两人的脸上，都遮挡着一片浅蓝色，他们不能亲一块口罩布，两片布很薄，可距离千山万水。她说："你耳机里，是什么歌？"

"你听听。"

温少蔚把挂在脖子处的耳机，套在她的头上。

她说："歌名叫什么？"

"我也不知道。"

虽然不知道，可那旋律每一次都会让他想到黄沙漫天，想到天地荒芜，这和他当年"押镖"的日子里看到的景象多么像啊。可为什么他今晚一直在播放器里把这首歌单曲循环呢？骤然的停电，在一定程度上，让他隔绝了以往没法隔绝的一些信息，把他赶下楼，也撕开了他生活的某个口子。她戴着他的耳机，脑袋就晃动了起来；播放器还在他的口袋里，那根耳机线就成了他们的连接线。忽然，眼前一闪，小区里的房间次第亮了起来，夹杂着欢呼声，听不清人们在喊什么，想来也不外乎"终于来电了"之类。

他说："来电了。"

"什么？"她指指耳机，"什么？"

他把耳机从她头上摘下："小区来电了。"

"你要回去了吗？"

"是你要回去了。我再走走。"他不敢去看她的眼睛，调整了一下口罩，一转身，耳机套到自己头上。歌曲瞬间把他带回货车副驾驶的位置。那些年里，他就在那个位置，在车轮波浪般的起伏中，隔着玻璃窗看外头。所有的风景都因为车的移动而连成一片。那是他最自由的时刻，公司远在天边，工作遥遥无期，人一直在路上晃，没有尽头，或者说，尽头在远古，在某一个苍山如海之地。他似乎听到了她在后面说了句什么，可他没有摘下耳机求证，往前每跨出的一步，都踩在寒风筑就的长路上。